FAREJANDO SANGUE

VAMBIZOMEM

Farejando Sangue
Vambizomem

Steven Banks

ILUSTRAÇÃO: Mark Fearing

TRADUÇÃO: Adriana Krainski

Milk Shakespeare

MIDDLE SCHOOL BITES #3
BY STEVEN BANKS, ILLUSTRATED BY MARK FEARING

Milkshakespeare é um selo da Faro Editorial.

Diretor editorial: PEDRO ALMEIDA
Coordenação editorial: CARLA SACRATO
Preparação: GABRIEL TENNYSON
Revisão: CÉLIA REGINA ARRUDA e THAIS ENTRIEL
Capa e design originais: MARK FEARING
Adaptação de capa, de projeto gráfico e diagramação: CRISTIANE | SAAVEDRA EDIÇÕES

Dados Internacionais de Catalogação na Publicação (CIP)
Angélica Ilacqua CRB-8/7057

Banks, Steven
Farejando sangue : vambizomem / Steven Banks ; ilustrações de Mark Fearing ; tradução de Adriana Krainski. — São Paulo: Faro Editorial, 2021.
288 p. : il.

ISBN 978-65-5957-064-5
Título original: Middle school bites : Out for blood

1. Literatura infantojuvenil I. Título II. Fearing, Mark III. Krainski, Adriana

21-3156 CDD 028.5

Índice para catálogo sistemático:
1. Literatura infantojuvenil

FARO EDITORIAL

1ª edição brasileira: 2021
Direitos de edição em língua portuguesa, para o Brasil, adquiridos por FARO EDITORIAL

Avenida Andrômeda, 885 – Sala 310
Alphaville – Barueri – SP – Brasil
CEP: 06473-000
WWW.FAROEDITORIAL.COM.BR

1

Uma conversa esquisita

Eu estava batendo um papo com um lobisomem.

O mesmo lobisomem que tinha me mordido fazia dois meses e meio, poucas horas *depois* de eu ter sido mordido por um morcego-vampiro e poucas horas *antes* de um zumbi me morder. Tudo isso acontecera um dia antes do início das aulas.

Eu devo ser o moleque mais azarado do planeta.

O único vambizomem do mundo.

No Dia de Ação de Graças, eu estava na casa da vovó, com minha mãe, meu pai e, infelizmente, minha irmã mais velha, a Emma. Comi o peru quase inteiro no jantar, porque estava com a fome de um zumbi.

Como era lua cheia e eu tinha me transformado em lobisomem, decidi dar uma corrida no meio do mato. Parei para beber água num riacho e vi o lobisomem agachado do outro lado. Eu não o via desde que tinha me mordido, mas logo soube que era ele. Martha Livingston, a vampira que me *vampirizou*, tinha me contado que ele se chamava Darcourt.

Ele parecia um lobo normal, que andava sobre quatro patas. (Eu ando em pé, como um ser humano, sempre que me transformo em lobisomem — e isso só aconteceu seis vezes até agora.)

Com pelos de cores branca e cinza, Darcourt tinha dentes enormes, claros e superafiados. Ele era gigante, assustador, e parecia pronto para rasgar a minha garganta.

Eu tinha milhares de perguntas e uma chance de conversar com outro lobisomem, mas ele não parecia a fim de conversa. Achei que saltaria o riacho para me comer. Como eu não ia pagar para ver, estava a ponto de me transformar em morcego e sair voando quando ele começou a falar.

— Boa noite — ele disse, sério, com a voz baixa e rouca. *Exatamente* como ficam os lobisomens antes de atacar.

Eu me preparei para virar morcego, então ele disse:

— Eu tô de zoeira com você, Lobão! Tá tranquilo?

Já não parecia que ele iria me atacar, mas eu não tinha certeza. Às vezes, a gente conhece uma pessoa legal, simpática, e mais tarde descobre que não é bem assim. Como quando eu conheci o Tanner Gantt, uma das piores

pessoas do mundo. A gente estava na terceira série. Ele fingiu ser legal por cinco minutos e, de repente, me deu um soco e começou a rir.

Além disso, Martha Livingston disse que Darcourt era perigoso e que eu deveria sair correndo se o visse por aí.

— Peraí... eu te conheço de algum lugar — ele disse. — Faz uns dois meses. Você estava correndo pela rua e eu mordi seu tornozelo. Só vi que era um garoto quando cheguei perto. Eu normalmente prefiro adultos. Mais carne. Vi você correndo rua abaixo e pensei: *Hum, jantar!* Mas aí veio um caminhão buzinando, com o farol alto na minha cara. Eu não sabia o que ia acontecer. Será que o caminhoneiro ia parar? Será que ele tinha umas balas de prata guardadas? Eu tinha que sair dali. Então só consegui dar uma mordidinha. Mas, olha só, melhor ter sido transformado em lobisomem do que virado lanchinho, né? Senão a gente não estaria aqui, se divertindo.

Será que ele nunca mais iria calar a boca?

— Sabe... esse negócio de *comer gente*? Tá no nosso DNA. Eu já tentei parar, mas, cara, é difícil pra caramba. Eu vou nas reuniões, faço os juramentos — ele ergueu a pata direita. — *Não vou comer carne, humana ou animal. Nada melhor do que legumes.* Mas aí a natureza fala mais alto. Foi mal ter te transformado em lobisomem. Mas, conta aí, qual é seu nome?

— Tom Marks.

— Sério? Eu conheci um cara chamado Howard Marks. Ele virou meu jantar uma vez. Uma delícia. Mas, diga, você tá aqui procurando alguém para meter os dentes? Tirar um pedacinho?

— Eu não mordo as pessoas — falei.

Darcourt pareceu surpreso.

— Não? Sério? Beleza, quem sou eu para julgar. Tem lobisomem de todos os tipos por aí.

— Posso fazer umas perguntas?

— Manda bala!

2

Ultrassecreto

Sentei na beira do riacho.

— Por que você anda em quatro patas, como um lobo de verdade?

Ele pareceu ofendido.

— Essa pergunta é meio pessoal.

— Ah, desculpe.

Ele jogou a cabeça para trás e riu.

—Tô pegando no seu pé... Quer dizer, na sua pata! Eu mudo de forma. Sempre que eu quero, viro um lobo completo, um espetáculo. Não preciso nem da lua cheia. Mas, quando a Dona Lua Cheia aparece, aí não tem jeito.

— Você mata mesmo as pessoas?

Ele parou para pensar por um momento e sentou nas patas de trás.

— Matar é uma palavra muito forte. Você acha que eu pareço o tipo que mata pessoas?

Eu não ia mentir.

— Sim, parece.

— Você mata?

— Não. Como é que eu poderia matar pessoas se nem mordo?

— Tem razão. Mas você come carne? Bacon? Frango? Um filé bem suculento?

— Ah, isso sim. Mas eu não mato animais.

Ele sorriu.

— Alguém mata.

Não tinha mais o que argumentar.

— Está com fome, Tom? Vi umas pegadas de

coelho por ali. Eu *adoro* coelho fresco. São tão deliciosos quanto bonitinhos.

— Não, obrigado. Acabei de comer metade de um peru.

— É verdade! É Dia de Ação de Graças. Humm. Deu até vontade de comer uma ave. Mas coelho também não é uma má ideia. Já comeu coelho fresco?

— Não.

Não contei a Darcourt que eu tinha comido o hamster da minha irmã, o Terrence, no mês passado. Tecnicamente, eu não *comi* o ratinho. Só engoli por um instante e coloquei para fora. Ele era nojento. Decidi nunca mais fazer nada parecido.

— Escuta só — disse Darcourt. — Tenho uma proposta para você. Minha alcateia se chama Os Uivadores. Quer entrar para a turma? A gente se diverte bastante.

No início, pareceu uma boa ideia. Fui logo fazendo duas listas na minha cabeça:

Motivos para entrar para uma alcateia

1. *Não ter mais escola (o que significava não ter mais lição de casa, nem provas, nem educação física).*
2. *Não ver mais o Tanner Gantt.*
3. *Não ter que conviver com a Emma.*
4. *Poder uivar sempre que eu quisesse.*
5. *Ninguém ficaria me encarando ou pediria para tirar foto comigo.*

Motivos para não entrar para uma alcateia

1. *Eu ficaria com saudades do Zeke.*
2. *Eu ficaria com saudades da Annie (se ela voltasse a falar comigo).*
3. *Não teria mais a banda (se a Annie me deixasse voltar).*
4. *Pode ser que tenha um lobisomem parecido com o Tanner Gantt na alcateia.*
5. *Eu só viro lobisomem duas vezes por mês.*

— Hum, posso pensar? — perguntei.

— Claro!

— Onde está a sua alcateia agora?

— Tão fazendo umas paradas ultrassecretas, mas só posso contar depois que você entrar para o grupo.

— Tem quantos lobisomens?

— Na nossa alcateia? Somos seis. No mundo? Vai saber! Não tem um censo para lobisomens.

— Quando é que você virou lobisomem?

Darcourt olhou ao redor para garantir que não havia ninguém por perto. Baixou a voz.

— Já ouviu falar do Projeto Licantropo?

— Não.

— É um projeto ultrassecreto do governo em Dallas, no Texas, em uma velha prisão abandonada. Eles queriam transformar pessoas em lobisomens para criar uma tropa de elite de supersoldados. Eu fui a primeira cobaia. E consegui fugir. Estou foragido desde então.

Mal podia esperar para contar aquilo ao Zeke. Ele iria dizer que era a coisa mais legal do mundo.

— Criaram um exército de lobisomens?

Darcourt deixou escapar uma gargalhada.

— Imagina, eu inventei tudinho! Vi isso em um filme. Aí, qual é seu filme de lobisomem preferido?

— Aquele velho em preto e branco, *O lobisomem*, clássico.

— Você tem bom gosto, meu amigo peludo. Veja também *Um lobisomem americano em Londres*.

— Mas, me fala, quando é que você virou lobisomem? — perguntei de novo. — Quem mordeu você?

— Essa história é ótima. Épica. Adoraria contar, mas estou sem tempo esta noite.

Percebi que ele não responderia às minhas perguntas.

— Onde você mora?

— Aqui, lá, acolá. Gosto de viver na estrada. Conta, você gosta de ser lobisomem, Tom?

— Preferiria ser um garoto normal.

— Sim, eu entendo. Mas as coisas são assim mesmo. Você precisa aceitar seu lobisomem interior. Assumir sua identidade. Entrar para uma alcateia ajudaria.

Decidi mudar de assunto.

— Então, Sr. Darcourt, vocês têm encontros de lobisomens, como os vampiros?

— Como você sabe o meu nome? — a voz dele não estava mais tão simpática. — Eu não contei.

— Ah... foi a Martha Livingston que me contou.

— Você conhece a Martha Livingston? A garota vampira lá de 1770 e pouco? Que garota esperta e feroz. Como você conhece a Martha?

— Ela me mordeu enquanto estava em forma de morcego e me transformou em vampiro.

O queixo dele caiu.

— O quê?! Ela te *mordeu*?! Você é um vampiro?!

— Ã-hã.

— Você tá de brincadeira? Como não consegui sentir seu cheiro? Eu consigo farejar vampiro a um quilômetro de distância!

— Bem, tecnicamente, eu sou só um terço vampiro — expliquei. — Eu também sou zumbi.

Os olhos azuis de Darcourt quase caíram das órbitas.

— Você tá maluco. Isso não existe. Agora é você que tá pegando no meu pé!

— Não estou não. Eu devo ser o primeiro e único. Sou um vambizomem.

— Vambi... o quê?

— Vam... bi.... zomem.

— Então você foi mordido por todos os três fominhas. Eu preciso farejar fundo.

Ele saltou sobre o rio e começou a me cheirar com aquele nariz enorme. Foi um pouco grosseiro. Eu nunca tinha sido cheirado por ninguém daquele jeito. Mas nós dois éramos lobisomens, então acho que essas coisas acontecem.

— Que mistura de cheiros você tem. Sinto o cheiro de zumbi. Não é ruim. É um cheiro de morto, mas doce, como o de carne... E sinto o cheiro de vampiro. Aquele sangue acobreado... E o cheiro mofado de lobo também está aqui — ele parou de farejar, felizmente, e se afastou para me olhar. — Tom, o vambizomem.

Foi então que ouvi passos vindo na nossa direção.

As nossas orelhas se ergueram e nos agachamos.

3

Um estranho na floresta

— Tomara que não sejam os caçadores — Darcourt sussurrou. — Cuidado com aqueles malvados.

Eu nunca tinha pensado sobre os caçadores. Mais uma coisa para me preocupar. A maioria das crianças da minha idade só pensa na escola — sua aparência, quem gosta de você, quem não gosta, onde sentar na cantina, as espinhas e as dores do corpo por causa do crescimento. Eu tenho que me preocupar com tudo isso e ainda com coisas como ficar longe do sol, ir atrás de sangue, comer bastante, balas de prata, estacas de madeira... e agora com caçadores!

— As pessoas caçam lobos? — perguntei.

— Bem, é ilegal atirar em lobos, a menos que eles estejam atacando. Claro, é preciso ter balas de prata para derrubar lobos como *nós*. Mas e se tiverem? *Adeus*.

Os passos foram se aproximando. Eu farejei. Era a Emma. Consegui sentir o cheiro daquele perfume com o qual ela tomava banho todos os dias. Vi minha irmã de longe, entre as árvores, mas ela estava longe demais para nos ver.

— Ei, lobinho! — ela gritou com as mãos em concha em torno da boca.

— Que foi?! — gritei de volta.

Ela parou de andar.

— A mamãe e o papai me obrigaram a vir aqui atrás de você!

— Por quê?

— Porque eles são pais cruéis e desumanos.

— Fala sério, Emma. Por que eles mandariam você vir?

— Eles querem que a gente passe um tempo em família, vendo um filme chamado *Os lobos nunca choram*.

— Filme bom esse. Os lobos são os mocinhos — Darcourt sussurrou.

— Eu volto daqui a pouco, Emma! — gritei. — Tenho umas coisas para fazer.

— Que tipo de coisas? Espera. Deixa para lá. Não quero nem saber. Com certeza é nojento.

Emma foi embora.

— Essa é minha irmã.

— Ela parece uma menina legal.

Eu estava prestes a dizer que Emma era tudo menos legal, quando ele disse:

— Escuta, vou voltar caminhando com você e depois preciso colocar alguma comida na minha barriga.

Voltamos pelo bosque até chegar à casa da vovó.

— Tom, a Martha Livingston chegou a falar para você de um livro velho, sobre como ser vampiro? Esqueci o nome dele.

— *Uma educação vampírica*, de Eustace Tibbitt? Falou, sim. Ela me emprestou o dela.

Ele arregalou os olhos por um instante. E então sorriu. Um lobo sorrindo para você é meio sinistro. "Será que eu fico sinistro assim quando sorrio nos meus dias de lobisomem? Vou ter que perguntar para o Zeke."

— O livro te ensinou como fazer coisas de vampiro?

— Ã-hã, estou tentando me transformar em fumaça. E também quero melhorar minha hipnose. É difícil se a pessoa não quer ser hipnotizada.

Pulamos por cima de um tronco caído.

— Onde você guarda o livro? — ele perguntou quando aterrissamos do outro lado.

O livro estava no meu quarto, na casa da vovó, em um bolso secreto da minha mochila. Eu tinha colocado outra capa nele: *O detetive Daniel*. Emma me deu aquele livro de aniversário no ano passado. Ela pegou em uma daquelas caixas de livros grátis que as pessoas deixam na frente das casas, então não gastou nenhum centavo com ele.

A Emma sempre me dá uns presentes horríveis. *O detetive Daniel* é um livro muito ruim. O Daniel é o pior detetive do mundo. Eu descobri quem tinha roubado a bicicleta dele no segundo capítulo. Ele não enxergava nenhuma das pistas. Meu aniversário de doze anos está chegando; vai ser no dia 16 de janeiro. Fico imaginando que bobagem a Emma vai me dar desta vez.

De todo jeito, achei que não teria problema em mostrar o livro ao Darcourt. Como ele não era vampiro, não conseguiria aprender a fazer nenhuma daquelas coisas. Ou será que conseguiria?

Então, lembrei que, quando Martha Livingston me deu o livro, ela disse: "Este foi um presente do meu instrutor, Lovick Zabrecky. Apenas cem cópias foram impressas. Se cair em mãos erradas... eu ficaria muito descontente. É muito valioso. Não venda no eBay."

Eu contei ao Darcourt que não tinha trazido o livro para a casa da minha avó, que tinha deixado em minha casa.

— Que pena! — ele falou. — Eu queria dar uma olhada. Ele está guardado em um lugar seguro?

— Está, sim, debaixo da minha cama, escondido dentro da minha luva de beisebol.

Como eu me arrependo de ter dito aquilo para ele.

4.

Conversando com os bichos

Eu e Darcourt estávamos nos aproximando da casa da vovó.

— Tom, vamos manter o nosso encontro em segredo. Jura, pelo sangue do lobo, que você não vai contar a ninguém sobre mim?

— Claro! — ergui minha pata. — Juro, pelo sangue do lobo, que não vou contar a ninguém.

Martha Livingston também me fez jurar que eu não falaria sobre ela para ninguém, mas Zeke descobriu sozinho. Aí, no Halloween, ela o hipnotizou e apagou essa lembrança. Mas Darcourt já sabia sobre a Martha, então achei que não teria problema contar para ele.

— Tem algum livro sobre esse negócio de ser lobisomem? — perguntei.

— Tem alguns. Tem um do século 19 chamado *A verdadeira história do Senhor Edgar Spencer, o homem-lobo (contada pelo seu mordomo, antes de ser comido)*. Tem outro, *O grande livro da lobisomagem*, que não é ruim, mas também não é tão bom. *Ah, não! Sou um lobisomem, e agora?* É uma bela porcaria. A melhor forma de aprender as habilidades de lobisomem é na vida real, com um lobisomem. Se você entrar para Os Uivadores, vai aprender muita coisa.

O GRANDE LIVRO DA LOBISOMAGEM
O GRANDE LIVRO DA LOBISOMAGEM
Nova introdução de
Lykos Emouf

Ah, não!
Sou um lobisomem,
e agora?
Ah, não! Sou um lobisomem, e agora?

Esse era outro bom motivo para entrar na alcateia. Quando passamos por cima do morro para chegar à casa da vovó, o cachorro da vizinha, o Stuart, começou a latir como um louco.

Darcourt parou.

— Olha, aquele cachorro poderia ser meu irmão gêmeo. Irmão de outra mãe.

Ele latiu para o Stuart, que latiu de volta para ele.

— Você está conversando com ele? — perguntei.

— Estou sim.

— Você consegue conversar com cachorros?

— Com alguns. Esse aqui tem um sotaque forte, então é meio difícil entender o que ele diz.

— O que você disse para ele?

— Eu disse: "Oi, estou aqui em paz. Este é seu território. Com todo o respeito."

— E o que ele disse?

— Acho que ele disse: "Não fica me olhando porque tenho vergonha, e agora quero fazer cocô."

— Você pode me ensinar a falar cachorrês?

— Tá bom.

— Maravilha! — eu estava parecendo o Zeke.

— Se a gente tivesse duas semanas de aula... — Darcourt parou de caminhar — Olha, acho melhor eu não chegar tão perto. Não quero apavorar sua família. Lobo enorme indo na direção da casa. "Vovozinha, é hora da Chapeuzinho Vermelho!" As avós não curtem muito os lobos malvados. Mas não se esqueça da minha proposta para entrar para Os Uivadores. É bom fazer parte de uma alcateia, andar com seus irmãos e irmãs lobos, ter um bando.

— Não vou me esquecer.

— Quem sabe eu venha visitar você um dia desses. Dá uma olhada no livro. Se cuida, Tom. Vivam os lobos!

Ele foi trotando de volta para o bosque e desapareceu. Não seria a última vez que ele apareceria.

5.

Molho agridoce

Em casa, na segunda-feira seguinte, coloquei minha camiseta de manga comprida, óculos de sol, protetor solar e fui até o ponto de ônibus.

Precisava descobrir se a Annie ainda estava brava comigo. Ela achou que eu a estivesse espionando quando virei morcego e fiquei voando do lado de fora da janela do seu quarto. Ela até me expulsou da nossa banda. Eu continuava tentando me explicar, mas ela sempre ia embora ou conversava com alguém, como se eu não estivesse ali. Até escrevi um bilhete, mas ela jogou fora sem ler.

A Capri também estava brava comigo porque eu disse que a voz dela não era tão boa e que deveria continuar tocando piano. Sinceridade nem sempre é o melhor caminho.

O Zeke estava atrasado e me alcançou correndo, quando eu estava entrando no ônibus.

— Fala, Tonzão! Como foi o Dia de Ação de Graças?

Eu queria muito contar sobre o Darcourt, mas tinha jurado que não contaria.

— Foi... tranquilo. E o seu?

— Fantástico! Você não vai acreditar: eu finalmente experimentei molho agridoce. Adorei! Por que nunca ninguém me falou que era tão delicioso? Eu comi no café da manhã, com torrada.

Quando entramos no ônibus, a Annie e a Capri estavam sentadas juntas. Annie estava lendo, como sempre. O livro se chamava *Poemas de Emily Dickinson*.

— Oi, meninas — Zeke falou.

— Oi, Zeke — disse a Capri, me olhando atravessado.

Annie tirou os olhos do livro e sorriu. Para o Zeke, não para mim.

— Não se esqueça do ensaio da banda amanhã, Zeke.

— Annie — eu disse.

O sorriso sumiu e ela voltou ao livro. Sentei-me atrás dela e me inclinei para a frente.

— Esse livro é bom?

Ela me ignorou, virou a página e continuou lendo. Recostei no meu assento. E se a Annie nunca mais falasse comigo? Eu tinha um plano chamado de "plano namorada". Eu iria pedir a Annie em namoro quando a gente entrasse para o ensino médio. Se ela nunca mais falasse comigo, seria difícil namorar.

° ° °

O Tanner Gantt entrou no ônibus. Ele não me chamou de otário nem de monstrengo, como costumava chamar. Não bateu em ninguém nem tirou sarro; também não arrancou o livro da mão das pessoas. Em vez disso, ele se encolheu no primeiro banco vazio e ficou olhando pela janela. O dia dele devia estar péssimo também.

Todo mundo estava estranho, menos o Zeke.

— Tonzão, se este ônibus voasse, aonde você gostaria de ir? Eu gostaria de ir até uma piscina de molho agridoce.

Eu dei de ombros. Estava tentando pensar em uma forma de fazer a Annie falar comigo. Queria voltar para a banda e ser amigo dela de novo.

Por sorte, eu estava prestes a ter uma chance de aquilo acontecer.

6.

Crime e castigo

O professor Kessler foi o único que deu lição de casa durante o feriado de Ação de Graças, o que foi muito injusto. Não deveriam dar lição de casa nos feriados.

Procurei a palavra "feriado" no dicionário. Dizia "período prolongado de lazer e descanso". Não dizia nada sobre escrever redação.

Eu só fui fazer minha redação na noite em que voltamos da casa da vovó.

O CONTO MORTAL
por Tom Marks

Tim Martin se sentou triste à mesa. Ele estava de férias, mas tinha que escrever uma redação para a escola. Tim ficou sentado a noite toda escrevendo a redação, porque queria que ficasse boa, mas acabou dormindo na mesa. A janela do quarto se abriu com o vento e começou a chover. Tim pegou um resfriado, uma gripe e pneumonia.

No dia seguinte, ele entregou a redação. Depois despencou e morreu no meio da sala de aula. O professor foi então levado para a prisão. A escola ganhou um novo nome: Colégio Tim Martin. Colocaram uma estátua de Tim em tamanho real na frente da escola, representando o menino sentado à mesa escrevendo a redação. Ao lado, uma placa dizia: "Morreu por ter que fazer lição de casa durante as férias."

Todos os dias, as crianças choravam ao passar pela estátua, lembrando como Tim era incrível e como sentiam saudade dele. Algumas crianças punham flores na estátua, acendiam velas, deixavam cartas e escreviam poemas para Tim. Todos os alunos da escola usavam uma camiseta com a foto do garoto estampada.

Foi aprovada uma lei que impedia que os professores dessem lição de casa nas férias e nos feriados. Foi chamada de Lei Tim Martin tinha razão. Fizeram um filme sobre a vida de Tim, que ganhou o Oscar de melhor filme e faturou milhões de dólares.

Quando chegamos à aula, o professor Kessler nos pediu para ler nossa redação em voz alta. Li a minha e muita gente riu. Pensei que o professor Kessler ficaria bravo, mas não ficou.

— Que história divertida, Tom.

Em seguida, Annie se levantou e leu a redação dela.

"*O pássaro que não era pássaro na janela*, escrito por Annie Delapeña Barstow."

Não gostei do tom da coisa toda.

"Anita Fresno estava sentada na cama, tocando guitarra, quando olhou para a janela e viu um pássaro. A ave não parava de encará-la. Ela chegou mais perto e viu que, na verdade, não era um pássaro. Era um garoto da sua escola, chamado Terry Sparks, que tinha poderes mágicos. Ele a espionava sem autorização."

Annie tirou os olhos da folha, olhou para mim, brava, e continuou lendo.

"Anita se levantou e gritou para o pássaro: 'Ei, sai daqui, ____!"

Aí ela disse uma palavra que não podemos dizer na escola. O Tanner Gantt fala isso. Meu pai também, quando fica nervoso.

— Annie! — disse o professor Kessler. — É proibido usar essa palavra em sala de aula.

— Por quê?

— Porque não é adequada.

— Mas é o que a personagem diria.

— Não importa.

— Mas todo mundo fala — disse Annie.

Maren Nesmith ergueu a mão.

— Eu nunca disse essa palavra em minha vida inteirinha e nunca vou dizer.

Provavelmente era verdade.

— Não se trata de censura.

— É censura, sim! — Annie ficava irritada muito rápido.

— Acalme-se — disse o professor Kessler.

— Eu estou calma!

Ela não estava. Quando as pessoas dizem "Eu estou calma", é porque não estão.

— É uma palavra ofensiva — disse o professor Kessler.

— Alguém ficou ofendido com a palavra? — Annie olhou para a turma.

Maren Nesmith foi a única pessoa que ergueu a mão.

Annie disse:

— A personagem diria "____". É só uma palavra. Escritores têm esse direito. Se eu quiser dizer "____" em uma história, eu deveria poder dizer "____"!

Agora ela já tinha dito a palavra proibida quatro vezes.

— Está bem, senhorita — disse o professor Kessler. — Você acabou de ganhar um castigo no recreio.

Annie voltou furiosa para o seu lugar e se sentou de braços cruzados. Seus olhos estavam úmidos, mas eram lágrimas de raiva, não de tristeza. Tem uma grande diferença.

— Agora você vai ter que se sentar na Mesa da Vergonha — sussurrou Maren Nesmith.

Annie então sussurrou uma palavra proibida para Maren.

7.

Procurando confusão

A Mesa da Vergonha ficava no canto da cantina. As pessoas que arranjavam confusão sentavam ali, de cara para a parede, sem poder conversar durante o recreio. Tanner Gantt já tinha sentado lá umas seis vezes naquele ano. Nenhum dos professores a chamava de Mesa da Vergonha, só os alunos a chamavam assim.

Emma tinha me contado sobre isso durante o verão. Eu achei que ela estivesse mentindo, mas não estava. Esse é o problema da Emma: às vezes ela fala a verdade. É muito confuso. Ela também disse que era permitido jogar comida em quem se sentasse ali, o que não é verdade. Entende o que eu quero dizer?

Por dentro, fiquei feliz por Annie ter se metido em encrenca, porque assim tive uma ótima ideia. Se eu conseguisse descobrir um jeito de ficar de castigo no recreio também, teria que me sentar na Mesa da Vergonha com ela. Eu poderia conversar com a Annie e ela *teria* que me ouvir.

Não seria fácil. Eu teria que ter cuidado para não fazer nada muito terrível, como fingir morder alguém, senão eu seria suspenso. Fiz um plano antes de voltar para a aula.

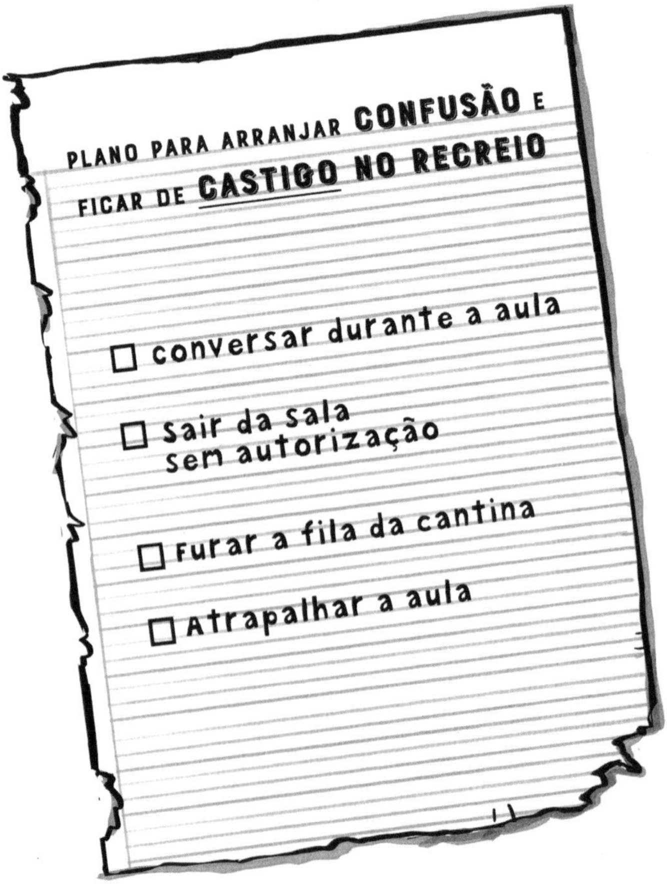

TENTATIVA N.º 1

Durante a aula de ciências, pedi autorização ao professor Prady para ir ao banheiro. Ele deixou, e eu fui andando pelo corredor, só que não tinha ninguém por perto. Precisava que alguém me visse para eu arranjar confusão. Comecei a assobiar, e o diretor Gonzales saiu do seu escritório. Perfeito.

— Oi, Tom — ele falou.

Eu congelei e fiz a maior cara de culpado que consegui.

— É, hum... Oi, diretor Gonzales — respondi, nervoso.

— Está tudo bem? — ele perguntou.

— Hum, é, está sim — eu disse.

Agora era a hora de ele fazer seu trabalho e me perguntar se eu tinha autorização para estar fora da aula. Mas ele não perguntou.

— Que bom. Tenha um ótimo dia. — E foi embora.

— Espera aí — gritei.

Ele se virou.

— Eu não tenho autorização. Esqueci de pedir. Acho que você vai ter que me deixar de castigo no recreio.

— Posso deixar passar desta vez. Mas só desta vez. Todo mundo erra. — Ele sorriu e foi embora assobiando.

TENTATIVA N.º 2

Na hora do lanche, furei uma fila enorme na cantina e fui direto para o caixa, passando na frente de todo mundo.

— Quero um sanduíche de bacon com ovo — eu disse para a moça da cantina.

— Ei, sem furar a fila, Marks! — gritou Brett Loudermilk, a quem eu já vira furar muitas filas antes.

— Vai para o fim da fila! — disse Duke Spencer.

— Acho que você vai ter que me deixar de castigo no recreio — falei para a atendente.

Ela balançou a cabeça.

— Sem chance. Você é aquela coisa. Não queremos que você fique com fome e acabe comendo alguém.

— Eu não vou comer ninguém — eu disse pela milésima vez.

Fui comer junto com o Zeke e contei meu plano a ele.

— Já sei o que você pode fazer, Tonzão! — ele disse. — Sequestrar o Sr. Gonzales! Ou gritar na biblioteca! Ou virar um morcego, sair voando e fazer cocô na cabeça de um professor!

— Não, credo! Que nojo! Além disso, ainda não quero que as pessoas saibam que eu consigo me transformar em morcego.

— Quando você vai mostrar às pessoas que consegue fazer isso?

— Não sei. Tem que ser no momento certo.

Zeke, Annie, Quente Cachorro, Capri e Emma eram as únicas pessoas que sabiam que eu conseguia me transformar em morcego e voar. Eu os fiz jurar que não contariam a ninguém. Até agora, ninguém tinha aberto a boca.

Abel, meu parceiro de armário, veio até nós. Ele estava vestindo o terno e a gravata de sempre e abriu sua pasta. Dali ele tirou uns biscoitinhos ovais.

— Eu fiz *madeleines* caseiras, se alguém quiser dividir.

Eu e Zeke pegamos uma cada um. As tais *madeleines* eram deliciosas. Abel deveria abrir uma confeitaria. Eu contei meu problema para ele. Cruzando os braços, ele virou a cabeça para o lado.

— Eu sugiro uma desobediência leve em sala de aula, que cause um pequeno incômodo. Talvez uma algazarra: uns socos fingidos, luta greco-romana, ou alguma brincadeira do tipo?

— Excelente! — disse Zeke. — Vamos fingir que estamos discutindo, Tonzão, e começamos a briga!

— Hum... beleza — concordei.

Sempre fico meio nervoso quando colocamos algum dos planos do Zeke em ação.

TENTATIVA N.º 3

Na terceira aula, de história, Zeke se levantou da carteira e disse:

— Eu não gosto de você, Tom Marks! Eu *nunca* gostei de você!

Aquilo não fazia nenhum sentido. Todo mundo sabia que eu e o Zeke éramos melhores amigos.

— Seu babaca! — ele continuou. — Vou te dar uma surra! Vamos para a briga!

Zeke não é um bom ator. As pessoas riram. Começamos a lutar, mas não pude nem encostar no Zeke que ele sentiu cócegas e começou a rir. Não parecia que estávamos brigando, parecia que estávamos nos divertindo.

— Mas o que é que vocês estão fazendo, rapazes? — perguntou a professora Troller, sorrindo.

— Isso é luta greco-romana! — disse Zeke, dando risada.

— Por quê?

— Para arranjar confusão — ele respondeu. Zeke costuma falar a verdade nos momentos mais estranhos.

— Tá bom, podem parar já — ordenou a professora Troller, separando a briga. — Vamos conversar sobre a história da luta. Vocês sabiam que o presidente Abraham Lincoln foi um campeão de luta?

Ela transformou aquilo em uma aula de história.

Não consegui cavar o castigo.

Faltavam apenas duas aulas para o recreio. Eu estava ficando desesperado. Precisava do conselho de um especialista, e só tinha uma pessoa para quem eu podia pedir. Por que não pensei nisso antes?

• • •

Tanner Gantt tinha acabado de bater a porta do armário quando cheguei.

— E aí? — eu disse.

— O que você quer, otário?

— Qual é a melhor maneira para conseguir ficar de castigo no recreio?

— Por que você quer saber? — Ele pareceu confuso.

Dei de ombros.

— Só curiosidade.

— Você está armando para cima de mim? — ele perguntou desconfiado.

— Não.

— Aposto que está.

— Não estou, não.

Ele chegou bem perto de mim.

— Você está usando uma escuta?

— Uma o quê? — Agora era eu que tinha ficado confuso.

— Você está gravando a nossa conversa, não está? E depois vai mostrar para o diretor Gonzales.

Ele foi embora.

Tanner Gantt era mesmo um completo inútil.

TENTATIVA N.º 4

Na aula de matemática, decidi deixar a professora Heckroth brava comigo. Não seria muito difícil. Ela sempre estava brava. Estava parada na frente da sala, mais carrancuda do que o normal. Isso seria moleza.

— Hoje vamos fazer divisões e quero que vocês...

— Por que temos que aprender isso, professora Heckroth?

Ela costumava ficar muito brava quando não erguíamos a mão para perguntar. Virou-se devagar para olhar para mim e espremeu os olhos.

— Por favor, Tom, nós erguemos a mão antes de falar e não interrompemos quando alguém está...

— Desculpe, eu não tive a intenção — eu disse, interrompendo outra vez. — Mas por que fazemos isso? A gente realmente precisa aprender divisões?

— Como é que é?

— A gente algum dia vai usar isso na vida?

— Com toda a certeza.

— Mas a gente não pode só usar uma calculadora no celular ou procurar na internet? A gente só vai precisar saber disso se quiser ser professor de matemática. — Eu me virei para a turma. — Alguém aqui quer ser professor de matemática?

Ninguém ergueu a mão.

A professora Heckroth pareceu um pouco triste. Eu senti um pouco de pena dela, então parei de falar.

Não consegui ficar de castigo.

Eu precisava arranjar confusão na aula seguinte.

8.

A última tentativa

Fui para a aula de artes. O recreio seria logo depois e meu tempo estava acabando. Tentei perturbar Capri jogando uns papeizinhos nela. Ela começou a rir, desenhou corações neles e os jogou de volta para mim. Acho que ela não estava mais brava comigo.

A gente estava desenhando uma natureza-morta com uma maçã, uma garrafa e um chapéu em cima de uma pilha de livros. Eu sou o segundo pior artista do mundo, depois da Emma. Meu desenho parecia um hambúrguer gigante atacando a cidade de Nova York. Decidi começar a fazer bagunça.

Comecei a cantarolar.

— O que você está fazendo, Tom? — perguntou o professor Baker.

— Cantarolando.

— Por quê?

— Gosto de um pouco de música enquanto eu desenho. Me ajuda a criar.

Ele concordou com a cabeça.

— Sabe que é uma boa ideia? Vou colocar uma música para tocar enquanto desenhamos.

Por que era tão difícil arranjar confusão? Desenhei uma pessoa pelada no meu trabalho e segurei para o professor ver.

— Sr. Baker, o que o senhor acha disto aqui?

Ele coçou o queixo e disse:

— Isso é um elefante dançando no topo de um prédio?

Eu suspirei.

— Não.

Eu precisava botar lenha na fogueira. Desenhei uma imagem do professor Baker com um nariz gigante e orelhas bem pequenininhas, e ele ficou ainda mais careca e mais baixinho do que já era.

— Muito interessante — ele disse, erguendo o desenho e mostrando para todo mundo. — Este estilo artístico é chamado de "caricatura". As características físicas são exageradas para criar um efeito cômico. Não sei de quem é essa caricatura que o Tom fez, mas está muito boa.

Olhei para o relógio. Eu só tinha mais cinco minutos. Enquanto eu tentava pensar em alguma coisa, simplesmente aconteceu. Sem querer nem tentar. Naturalmente.

Eu arrotei.

— Ui, que nojo! Foi o Tom Marks! — dedurou Maren Nesmith, a rainha da fofoca.

O meu tio Vince tinha me ensinado a arrotar de propósito quando eu tinha quatro anos. Esse era um dos motivos pelos quais ele era meu tio preferido. Eu engoli um pouco de ar e soltei outro arroto.

— *Burrrrrp*.

— Já chega, Tom — disse o professor Baker.

— *Burrrrrp*.

— Está tudo bem com você, Tom?

Eu confirmei.

— *Burrrrrp.*

— Você precisa ir até a enfermaria?

— Não, professor Baker, eu só gosto de... *burrrrrp.*

— Tá bom, Tom, basta. Estou falando sério.

— *Burrrrrp.*

— Sr. Marks, você quer ficar de castigo no recreio?

Sim! Sim! Quero! Por favor! Me deixe sem recreio!

O professor Baker continuou:

— Mais uma dessas e você vai para o Recreio em Silêncio.

Eu soltei o arroto mais comprido, mais alto, mais nojento, mais grotesco e mais medonho de toda a história do mundo.

— *BURRRRRRRRRRRRRP!*

— Pronto, senhor. Você está de castigo no Recreio em Silêncio.

9.

A Mesa da Vergonha

Tinha três Mesas da Vergonha na cantina. Uma para cada série. Annie era a única pessoa sentada na da sexta série.

Perfeito.

As outras mesas tinham alunos da sétima e da oitava séries, que pareciam já conhecer aquele lugar.

— Sejam bem-vindos, bando de sem-vergonha. Eu sou o inspetor do Recreio em Silêncio, Kenneth Liversidge — disse um garoto da oitava série, com o cabelo mais loiro que eu já tinha visto. — Entrando no time dos encrenqueiros de hoje, temos dois estreantes: o Sr. Tom Marks e a Srta. Annie Barstow. As regras são simples. Comam a sua comida, olhem para a parede e não conversem. Senão, vocês vão ter que voltar aqui amanhã. Estou de olho em vocês.

Eu não iria gostar de ficar vendo uns garotos comer e olhar para a parede por meia hora. Mas dava para ver que Liversidge gostava disso. Aposto que o sonho dele era ser carcereiro quando crescesse.

Sentei-me a mais ou menos um metro de distância da Annie. Ela estava comendo um sanduíche e escrevendo em um bloquinho.

Comecei a comer meu supersanduíche de frango, peru, salame e rosbife. Minha mãe e eu tínhamos descoberto que aquilo realmente enchia a minha barriga para que eu não ficasse com fome de zumbi até chegar em casa depois da escola.

Dei uma olhada no que Annie estava escrevendo.

> *"Caro superintendente de escolas*
>
> *A Mesa da Vergonha, também conhecida como Recreio em Silêncio, é inconstitucional e uma forma cruel e incomum de castigo. Ela deveria ser considerada ilegal."*

De canto de olho, consegui ver que

Liversidge estava observando a gente. Eu precisava conversar com a Annie sem que ele visse ou ouvisse, mas eu não estava preocupado.

Pela primeira vez, fiquei feliz por ter a Emma como irmã. Três anos atrás, ela quis ser ventríloqua. Ela viu uma garota fazendo uma boneca falar em um show de talentos na TV chamado *Mostre do que você é capaz*, e a garota ganhou muito dinheiro. Emma pegou emprestado um livro sobre ventríloquos na biblioteca, leu a primeira página e desistiu — como sempre. Mas eu li o livro e, agora, aquilo mostraria ter valido a pena. Eu poderia falar com a Annie, e Liversidge não veria meus lábios se movendo.

— Annie? — sussurrei, quase sem abrir a boca e sem mexer os lábios. — Só me escuta.

E foi aí que ouvi a voz do diretor Gonzales.

— Tem mais uma pessoa vindo aí, Sr. Liversidge.

Dei uma conferida e ele trazia Tanner Gantt na nossa direção. As chances de ele ficar de castigo no recreio eram bem altas, mas tinha que ser logo naquele dia?

— Seja bem-vindo mais uma vez, Sr. Gantt — disse Liversidge. — Você já sabe como funciona.

Eu não poderia falar com a Annie sobre sermos amigos outra vez e sobre eu voltar para a banda se a pior pessoa do mundo estivesse ouvindo.

Tanner Gantt se largou na cadeira e a mesa balançou um pouco. Ele estava do meu lado esquerdo e Annie do direito. O lanche dele era de três salsichas frias sem pão, um pacote de batatas chips supersalgadas e quatro biscoitos com gotas de chocolate. Aposto que era ele quem preparava a própria merenda.

Decidi que precisava falar com a Annie de qualquer jeito, já que eu tinha me esforçado tanto para conseguir ir parar na Mesa da Vergonha.

— Annie? — eu disse, usando minha melhor técnica de ventríloquo.

Ela mastigava e olhava para a parede. Tanner Gantt virou ligeiramente a cabeça na minha direção. Eu precisava escolher minhas palavras com cuidado para que ele não entendesse o que eu estava falando.

— Beleza, você não precisa falar comigo, mas, por favor, escute. Eu sinto muito, muito, muito mesmo por aquela coisa que eu fiz que deixou você brava comigo. Você tinha razão. Eu não deveria ter feito aquilo. Só queria mostrar *aquilo* que eu conseguia fazer porque pensei que você acharia incrível.

Olhei de relance para Tanner Gantt. Ele parecia confuso. Ótimo.

— Em todo caso, nunca mais vou fazer aquilo. Eu quero voltar para a você-sabe-o-quê. Mas, mais que isso, espero que você fale comigo e que a gente possa ser amigo de novo.

Essa foi a parte mais difícil de dizer com o Tanner Gantt sentado ali.

Annie parou por um momento, olhando a parede de tijolos, e então começou a escrever no bloquinho dela.

Será que ela tinha ouvido? Será que eu tinha conseguido? Será que eu tinha falhado? Será que Tanner Gantt tinha ouvido o suficiente para tirar sarro de mim pelo resto da vida?

Annie virou o bloco de anotações na minha direção. Olhei e li o que ela tinha escrito:

"Desculpas aceitas. Ensaio da banda amanhã. Minha casa, às 15:30. Não se atrase."

Tanner Gantt tentou se inclinar para ver o que ela tinha escrito, mas Annie cobriu o bloquinho com as mãos.

— Olhos na parede, Sr. Gantt! — disse Liversidge.

Por fim, o sinal tocou e o recreio acabou.

— Vocês estão livres, seus sem-vergonha — disse Liversidge. — Espero que tenham aprendido a lição hoje. Porém, se vocês voltarem, estarei bem aqui... Esperando vocês.

10.

A prática leva à perfeição

Naquela noite, decidi treinar a minha transformação em fumaça. Martha Livingston tinha me mostrado como fazer. Ela conseguia passar pelos vãos das portas, das janelas ou simplesmente desaparecia em uma nuvem, como num truque de mágica. Parecia moleza.

Mas não era.

Peguei o livro *Uma educação vampírica*, de Eustace Tibbitt. O livro era tão velho, e as páginas, tão finas, que tive que tomar cuidado para que ele não caísse aos pedaços. A primeira página dizia:

Abaixo do texto, ele tinha assinado seu nome com uma tinta vermelha desbotada. Ou seria sangue?

Virei a página e notei algo que não tinha visto antes. Duas páginas estavam coladas. Devagar, descolei os papéis. Outra pessoa tinha escrito no livro. Uma caligrafia cursiva antiga que felizmente não nos obrigam mais a aprender na escola.

Para minha cara Martha Livingston.
Espero que este livro a ajude, como me ajudou.
Seu para todo o sempre.
Lovick Zabrecky
13 de março de 1776

Obs.: se você perder, vender ou emprestar o livro a alguém, vou dedicar minha vida a ir atrás de você. E, quando eu a encontrar, será uma experiência desagradável.

Martha Livingston deve ter achado que não teria problema emprestá-lo a mim, pois ninguém via Lovick Zabrecky fazia cem anos. Ele devia estar morto. Mesmo assim, fiquei feliz por não ter deixado Darcourt ver o livro naquela noite. Se ele aparecesse de novo, eu teria que arranjar uma desculpa.

Decidi dar um tempo na minha tentativa de virar fumaça e fui procurar *Uma educação vampírica* na internet.

"Uma educação vampírica, *de Eustace Tibbitt, é um livro educativo para vampiros, publicado em 1654. Restam apenas duas cópias em circulação. Uma delas está no Instituto Smithsonian, em Washington, nos Estados Unidos. A outra cópia, cujo primeiro dono foi Bram Stoker (1847-1912), autor de* Drácula, *foi comprada em um leilão pelo escritor de terror Stephen King. Essa cópia foi roubada da casa do Sr. King e nunca foi encontrada. Geoffrey Bucklezerg Kane, o bilionário recluso colecionador de itens históricos raros, já ofereceu um milhão de dólares a quem encontrasse o livro."*

O livro que estava debaixo da minha cama, na minha velha luva de beisebol, valia um milhão de dólares?

Eu tinha que admitir: por um segundo pensei em vendê-lo. Mas logo pensei que, se a Martha Livingston descobrisse, ela provavelmente iria me matar.

A última vez que vi Martha foi no Halloween. Ela tentou sugar o sangue do Tanner Gantt, mas eu não deixei. Ao conhecê-la, Capri e Annie acharam que ela era uma garota vestida de vampira. Foi muito constrangedor, e, mais tarde, Martha me provocou, dizendo que as duas eram minhas namoradas. Aí Zeke apareceu e foi hipnotizado para que não se lembrasse dela. Enquanto ela o hipnotizava, pedi que o fizesse parar de fazer polichinelos quando ficasse empolgado. Ele não fez mais nenhum depois daquilo.

Fiquei pensando em quando veria Martha de novo. Queria lhe contar sobre o Darcourt. Ou será que eu veria o Darcourt primeiro?

11.

A reunião

No dia seguinte, nós tínhamos ensaio da banda na casa da Annie depois da escola.

— Ainda não temos um nome para a banda, pessoal — Capri reclamou. — Precisamos de um nome!

— Precisamos é de um baixista — disse Quente Cachorro, ajeitando a bateria.

— Nós precisamos fazer um show — disse Zeke, comendo molho agridoce de colher em um potinho de plástico que tinha trazido, junto com seu banjo.

Abel parou de afinar a guitarra e olhou para nós.

— O nosso repertório está meio fraco. Se um dia quisermos fazer um show ao vivo, arriscaria dizer que precisamos de mais material.

— Preciso escrever mais canções — disse Annie.

— Preciso comer — falei, pegando uma das empanadas caseiras feitas pela mãe da Annie.

Eu tenho que admitir: a comida era uma das coisas de que eu mais sentia falta quando estava afastado da banda.

Capri se sentou na frente do piano.

— Annie, vamos tocar para o Tom aquela música que você compôs, aquela que a gente tem ensaiado.

— Ah, você está falando da "Espião"? — disse Quente Cachorro.

— Ah, não, vamos tocar outra coisa — Annie balançou a cabeça.

— Mas é uma música incrível! — Zeke falou com a boca cheia de molho agridoce.

Eu, particularmente, não queria ouvir "Espião".

— Escrevi uma música nova — disse Annie. — O nome dela é "Mesa da Vergonha".

— A gente escreve sobre o que sabe — Abel sorriu.

O ensaio foi muito bom. Treinamos três músicas, Zeke aprendeu três acordes novos no banjo (agora ele sabia cinco), a voz da Capri tinha melhorado desde que ela começara a assistir a aulas de canto pelo YouTube, e eu comi seis empanadas.

Eu estava feliz por estar de volta à Banda sem Nome.

• • •

Naquela noite, pratiquei mais o lance da fumaça. Ainda sem sucesso. Por que era tão difícil? Eu não estava conseguindo me concentrar, então fui folhear o resto do livro. Havia muitos outros capítulos com outras habilidades para aprender e com mais informações sobre a vida de vampiro. Algumas eram interessantes e outras, não.

Capítulo três: "Como hipnotizar pessoas e fazê-las obedecer a seus comandos"

Eu já tinha hipnotizado o Zeke, mas queria melhorar para conseguir hipnotizar pessoas mais fortes.

Capítulo cinco: "O sol é o seu inimigo mortal"

Sério?

Capítulo oito: "Transformar outras pessoas em vampiros"

Eu não queria mesmo fazer isso.

Capítulo nove: "A arte de dormir em um caixão"

Pulei esse capítulo.

Capítulo treze: "Transforme-se em lobo quando quiser"

Até então, eu só tinha me transformado em lobisomem nas noites de lua cheia. Será que eu queria me transformar em outros momentos? Talvez. Minha voz ficava rouca, macabra, sinistra quando eu me transformava. Se eu aprendesse a me transformar, minha voz ficaria fantástica sempre que a nossa banda tocasse. Darcourt poderia me ensinar, mas eu teria que entrar para a alcateia dele. Isso valeria a pena?

Capítulo catorze: "Transforme-se em rato"

Por que alguém iria querer virar um rato?

Capítulo dezoito: "Como enganar um lobisomem"

Isso poderia ser útil se Darcourt aparecesse de novo. Dizia que era preciso hipnotizar ou enganar o lobisomem. Darcourt parecia bem esperto e decidido. Não seria fácil.

Capítulo dezenove: "Fazendo amizade com os carniçais"

"Carniçal" era como chamavam os zumbis no século 21. Se eu voltasse a encontrar o zumbi que me mordeu, esse capítulo poderia ser útil.

Capítulo vinte: "A arte vampírica do romance"

Esse foi esquisito.

Decidi me concentrar na transformação em fumaça. Pratiquei por uma hora e ainda assim não consegui. Desejei que Martha voltasse e me desse uma aula.

Mas uma das minhas habilidades de vambizomem logo seria colocada em prática.

12.

A cena do crime

— A próxima tarefa vai ser fazer uma maquete com uma caixa de sapato — disse a professora Troller.

Toda a turma resmungou e reclamou.

— Ah, droga.

— Nããããão.

— Eu odeio fazer maquete.

— Eu adoro fazer maquete! — disse Zeke.

Ele adora mesmo. Ele faz até quando não precisa. Uma vez, fez uma maquete representando o momento em que nos conhecemos, no jardim de infância, quando derramei tinta azul nele todo.

A professora Troller ignorou os resmungos e reclamações.

— Vocês podem representar um evento ou pessoa famosa da história, de 1500 até 1865.

Eu tive uma excelente ideia para minha maquete. Seria fácil de fazer — eu tiraria A e a Annie ficaria impressionada. Eu faria a Emily Dickinson, a poetisa do livro que ela estava lendo no ônibus.

Eu pesquisei sobre a Emily Dickinson na internet, porque teríamos que fazer um trabalho de uma página sobre a nossa maquete. Ela vivia reclusa e escreveu uns 1800 poemas, mas só ficou famosa depois de morrer. Tipo o Vincent Van Gogh, o artista.

Se tivéssemos máquinas do tempo, eu iria lá contar para ela.

— Oi, Sra. Dickinson, o meu nome é Tom Marks. Eu acabo de vir do futuro, com uma máquina do tempo.

— Nossa! Todas as pessoas do futuro são parecidas com você?

— Não. Eu sou um Vambizomem. Parte vampiro, parte lobisomem e parte

zumbi. Desculpe, às vezes esqueço que eu sou meio esquisito.

— Não se preocupe. As pessoas aqui da minha cidade também me acham esquisita porque eu não saio de casa há anos, vejo pouca gente e me visto de branco o ano todo. Mas eu não me deixo afetar pela opinião dos outros. Eu sou o que sou. Não vou mudar para agradar aos meus vizinhos.

— Bem, eu só queria contar que a senhora é famosa no mundo inteiro no futuro. As pessoas acreditam que a senhora seja uma das maiores poetisas de todos os tempos.

— Isso alegra o meu coração. Obrigada por me contar. Posso escrever um poema sobre você?

— Claro...

"Um vambizomem me apareceu
Um sujeito estranho, diferente, incomum
Assim como eu? É o que dizem os curiosos vizinhos
Então somos dois? Não estamos mais sozinhos
Há quem queira expulsá-lo
Mas eu só quero abraçá-lo".

Seria genial ter um poema sobre mim escrito por uma poetisa famosa. Até hoje, a única pessoa que já escreveu sobre mim foi a Annie, com a música que falava que eu a espiava pela janela.

Eu poderia fazer a maquete em cinco minutos, porque a Emma tinha uma velha casa de bonecas com um monte de móveis, que eu poderia usar. Tudo o que eu precisaria fazer era colocar em uma caixa de sapato e arranjar uma Emily Dickinson. Durante o jantar, na frente dos nossos pais, pedi à Emma sua casa de bonecas. Fiz isso para que eles a obrigassem a dizer sim. Esse truque é muito bom.

— Emma, você pode me emprestar alguns móveis daquela sua casa de bonecas velha para um trabalho da escola?

— Não — disse ela sem pensar, sem nem tirar os olhos do celular enquanto mandava a milésima mensagem para o Garoto Cenoura.

Ela sempre diz "não" quando eu peço alguma coisa.

— Por que não? Eu só preciso de uma cama, uma cadeira, uma mesa e um guarda-roupas.

Ela me olhou como se eu tivesse acabado de pedir o rim dela.

— Aquela casa de bonecas e os móveis são uma parte especial da minha infância. Você vai perder ou estragar, e eu ficaria de coração partido.

— Emma, você já tentou vender aquela casa de bonecas três vezes. — Mamãe revirou os olhos.

— É porque no Natal eu não tinha dinheiro e queria comprar um presente bacana para cada um — ela disse.

Mentira da Emma n.º 7.654.

— Deixe o seu irmão usar os móveis — mamãe disse.

— Tá bom — disse Emma. — Eu alugo por cinco dólares.

— Emma! — falou o papai.

Eu consegui os móveis de graça.

A casa de bonecas da Emma estava no sótão. Eu e Zeke costumávamos brincar lá quando éramos pequenos. Nós fingíamos que a família da boneca era assassinada e aí um detetive vinha resolver o caso. O nosso detetive era muito mais esperto que o detetive Daniel. Ou então fazíamos os dinossauros de plástico atacarem as pessoas que moravam lá. Também havia uns bonecos-zumbis que comiam a família, o que, pensando bem, era muito estranho.

Eu poderia usar a mãe da casa de bonecas para fazer a Emily Dickinson, mas o Muffin, nosso cachorro, a comera. O Muffin come umas coisas muito esquisitas.

COISAS QUE O MUFFIN JÁ COMEU

- **Peças de lego**
- **Bola de golfe**
- **Enfeites da árvore de Natal**
- **Aparelho dental da Emma**

Não me pergunte como descobrimos.

Por sorte, Emma ainda tinha umas roupas de boneca sobrando, inclusive um vestido branco, que eu poderia colocar num boneco velho.

Eu tinha uma miniatura de uma personagem chamada Garota do Aspirador, que Emma me dera no meu aniversário de oito anos. Ela havia comprado na loja de 1,99, onde compra praticamente todos os presentes que me dá.

A Garota do Aspirador é a pior super-heroína que já foi inventada. Ela é personagem de um filme horrível que foi lançado, tipo, uns trinta anos atrás, chamado *A garota do aspirador: ergue-se uma camareira.* Eu vi esse filme na TV na casa do Zeke. Ele adorou. Mas ele adora todos os filmes que vê.

Era sobre uma adolescente que trabalhava como camareira em um hotel. Certo dia, todos os supervilões se hospedaram no hotel para uma convenção de supervilões (o que não faz nenhum sentido). Essa garota não tinha superpoderes, mas encontrou um aspirador que podia sugar as pessoas. Tinha que ser ligado na tomada, então ela não conseguia ir muito longe.

Não é uma grande bobagem? Eu conseguiria criar um super-herói melhor em cinco minutos. Talvez eu faça isso um dia.

Zeke se apaixonou pela atriz que fazia o papel da Garota do Aspirador. O nome dela era Keelee Rapose. Ele chegou até a escrever uma carta para ela. Eu mal pude acreditar, mas ela respondeu à carta e mandou uma foto autografada dizendo "Para Zeke. Fique limpo! Com amor, Keelee". Ela desenhou um coraçãozinho embaixo do nome. Zeke tinha certeza de que ela estava apaixonada por ele e que se casariam um dia.

— Zeke, você nunca vai conhecer essa garota.

— Quem sabe um dia? Talvez...

— Você tem oito anos. Ela é velha. Deve ter, tipo, uns vinte e cinco anos.

— Eu não ligo. O amor não tem idade.

A miniatura da Garota do Aspirador era quase tão ruim quanto o filme. Ela estava vestida com a roupa de camareira e segurava um aspirador, mas o rosto não tinha *nada a ver* com a pessoa que fizera o papel no filme. Os olhos eram de outra cor; o cabelo era curto e escuro, e não loiro e comprido, como deveria ser; o nariz parecia quebrado; e ela tinha uma cicatriz no rosto.

Zeke não comprou a boneca da Garota do Aspirador porque ela não se parecia com a Keelee.

— Por respeito à Keelee, eu me nego a ter essa coisa na minha casa — disse ele.

A boneca veio em uma embalagem de papelão com uma capa de plástico em que estava escrito: "Garota do Aspirador Falante com o aspirador poderoso! Ela deixa os vilões no saco! Cabeça giratória!" Dava para ver que a Emma tinha tentado tirar o adesivo de R$ 1,99, mas tinha desistido.

Ao apertar o botão nas costas da boneca, ela dizia algumas frases do filme, como "Vou limpar essa bagunça", ou "Você vai para o saco", e "Alguém precisa de um quarto limpo?".

A pilha já tinha acabado quando Emma me presenteou, então a boneca não falava mais. Só fazia uns barulhos que pareciam de uma vaca morrendo. Era perturbador.

— Por que você me deu isso, Emma? — perguntei ao abrir o presente. — Eu odiei aquele filme.

— Você adora super-heróis — ela disse.

— Os legais! Esse filme é podre!

— Desculpa, seu enjoadinho. Talvez vire um item de colecionador um dia.

— Eu garanto que *nunca* vai virar um item de colecionador.

Eu nunca brinquei com aquilo, principalmente porque não queria que a Emma achasse que eu tinha gostado. Joguei no fundo da gaveta da minha escrivaninha, onde jogo as coisas inúteis.

° ° °

Quando contei ao Zeke que usaria a Garota do Aspirador para a minha maquete, ele disse:

— Eu não faria isso, Tonzão. É uma boneca nunca usada, em perfeito estado, ainda na caixa. Pode valer, sei lá, um milhão de reais, por mais que não se pareça com a Keelee.

Zeke acha que todo brinquedo sem abrir vale um milhão de dólares. A Garota do Aspirador devia valer exatamente o que a Emma tinha pagado por ela: R$ 1,99.

Na noite anterior à entrega da maquete, tirei a capa de plástico da Garota do Aspirador. Tirei as roupas de camareira dela para colocar o vestido branco.

A Garota do Aspirador não era quem eu achava.

13.

O segredo da Garota do Aspirador

Ela tinha pelos no peito e uma tatuagem nas costas que dizia BIG JACK. O fabricante nem se deu ao trabalho de fazer um novo boneco! Apenas usou um personagem antigo e o pintou para fazer parecer a Garota do Aspirador. O Big Jack Jackson era personagem de um desenho animado ao qual meu pai costumava assistir quando era criança. O desenho se chamava *Equipe de luta superpoderosa*.

Uma vez, meu pai me mostrou um episódio. Era horrível. Eu não disse nada, porque não queria que ele se sentisse mal. Cinco minutos depois, ele falou:

— Isso não é tão bom quanto eu me lembrava. Na verdade, é bem ruinzinho, né?

Eu concordei com a cabeça.

Será que as coisas que acho incríveis hoje vão parecer bobas quando eu ficar mais velho? Bem, não posso me preocupar com isso agora. Tenho coisas demais com que me preocupar.

Para fazer o boneco do Big Jack ficar parecido com a Garota do Aspirador, colocaram batom, cílios e bochechas rosadas nele. Não era de estranhar que não se parecesse em nada com a Keelee.

Fiquei pensando nas pessoas que trabalhavam o dia todo pintando aqueles bonecos. Aposto que até elas achavam os bonecos feios. Será que alguém falava alguma coisa para o chefe?

— Ei, chefe, por que estamos colocando batom, cílios e bochechas rosadas no Big Jack? Tem algum episódio da Equipe de luta superpoderosa *que eu perdi?*

— Ele não é mais o Big Jack. É uma nova personagem, de um filme chamado A garota do aspirador. *Comece logo a pintar.*

— Eu vi o filme. Esse boneco não se parece em nada com a pessoa que fez a personagem.

— Não se preocupe com isso. As crianças não vão nem perceber.

— Vão, sim, as crianças são espertas. Elas vão saber que está feio. Não vou fazer isso aqui.

— Volte já para o trabalho. Você ainda tem quinhentos Big Jack para transformar em Garota do Aspirador hoje!

— Não! Eu me demito! Eu me nego a fazer um produto de qualidade inferior! Vou me tornar um artista de verdade, fazer quadros e ficar rico e famoso!

Gostaria que isso tivesse acontecido, mas *alguém* acabou pintando todos aqueles Big Jack.

Coloquei o vestido branco na Garota do Aspirador, o boneco que antes era conhecido como Big Jack, para transformá-la na Emily Dickinson. Deixei-a sentada em uma cadeira em frente a uma escrivaninha com um abajur, logo ao lado da cama.

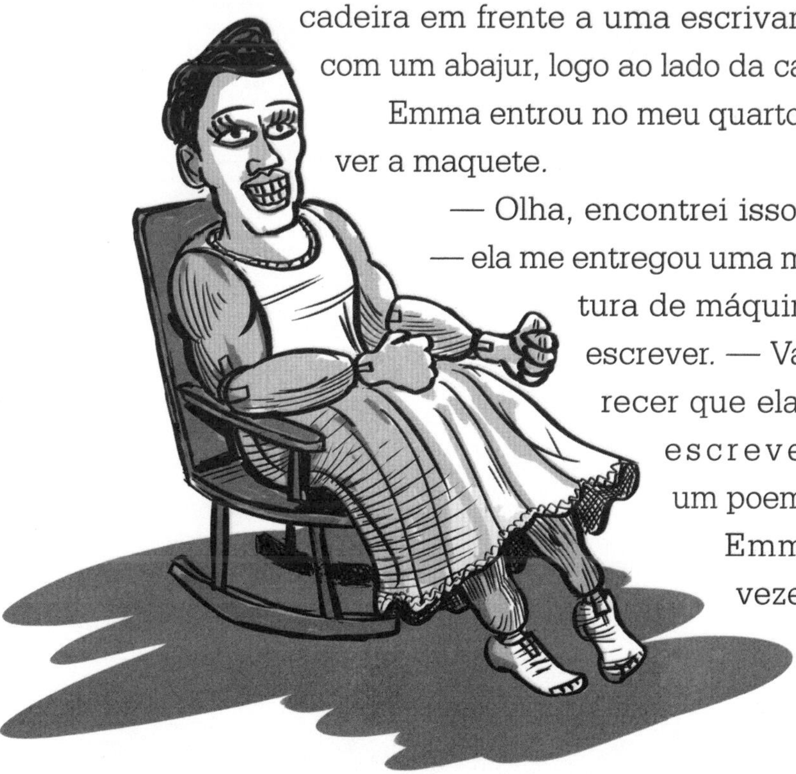

Emma entrou no meu quarto para ver a maquete.

— Olha, encontrei isso aqui — ela me entregou uma miniatura de máquina de escrever. — Vai parecer que ela está escrevendo um poema.

Emma às vezes faz

umas coisas legais, assim, do nada. Eu sempre me surpreendo.

— Obrigado, Emma.

Coloquei a máquina de escrever na escrivaninha. Ficou ótimo. Eu com certeza tiraria um A.

Mal sabia eu que aquele acabaria sendo um dos maiores arrependimentos da minha vida.

14.

Adeus, minha cara Emily

No dia seguinte, na escola, os alunos colocaram suas maquetes em uma prateleira instalada numa das paredes na sala da professora Troller. A maquete do Zeke representava Benjamim Franklin empunhando uma espada contra um pirata. Ele teve essa ideia porque eu tinha usado a história da Martha Livingston sendo atacada por um vampiro em um trabalho de história do começo do ano, mas depois mudei o vampiro para um pirata. Benjamin Franklin estava atingindo o pirata na barriga e tinha sangue na espada e no pirata. Aquilo me deu um pouco de sede.

A maquete do Tanner Gantt era sem dúvida a pior de todas. A única coisa que ele fez foi pôr um pouco de terra em uma caixa de sapatos, prender uma pedra e colocar ao lado um daqueles barcos piratas de brinquedo que usamos nos bolos de aniversário. Era para representar os peregrinos que tinham navegado da Inglaterra e ancorado em Plymouth Rock. Ele nem se deu ao trabalho de tirar do navio a bandeira pirata com uma caveira.

O Tanner olhava para a minha maquete. Ele provavelmente estava com inveja, porque a minha era mil vezes melhor do que a dele.

— É da sua coleção de bonecas, Bisonho?

Eu rosnei para ele. Eu não deveria rosnar na escola, mas às vezes não conseguia me controlar.

— Professora Troller, o Tom Marks rosnou para mim! — disse o Tanner Gantt com uma voz manhosa.

— Sem rosnar, Tom, por favor.

— Desculpe, professora.

— Não é uma boneca, é uma miniatura — falei, virando na direção do Tanner Gantt.

Eu queria dizer que nenhum navio pirata tinha ancorado em Plymouth Rock, mas decidi não falar. Estava torcendo para que a professora Troller percebesse e desse uma nota baixa para ele.

— Adorei a sua maquete, Tom — disse Annie.

É ISSO AÍ!

— Obrigado, Annie.

— As poesias da Emily Dickinson são lindas, não são?

Eu não tinha lido nenhuma das suas poesias.

— Sim, são lindas.

— Onde você conseguiu essa boneca da Emily Dickinson? — perguntou ela.

— É a Garota do Aspirador vestida de Emily Dickinson — disse Zeke chegando mais perto dela.

Tanner Gantt fez uma cara estranha. Pensei que ele diria alguma coisa como "Só você tem uma boneca tão tosca quanto a Garota do Aspirador". Mas ele não falou nada.

A professora Troller olhou todas as maquetes.

— Bom trabalho, Tom — com certeza, eu tiraria um A. — Mas Emily Dickinson não usava máquina de escrever. Ela escrevia à mão.

Tanner Gantt deu um sorriso debochado.

— Sr. Gantt, acredito que foram peregrinos, e não piratas, que ancoraram em Plymouth Rock — disse a professora Troller.

Tanner Gantt deu de ombros. Dava para ver que ele nem se importava com a nota que tiraria. Às vezes eu gostaria de ser assim.

Zeke tirou C. Eu tirei B porque minha Emily Dickinson estava com uma máquina de escrever. Tanner Gantt tirou E.

A vida estava sendo justa, pelo menos uma vez.

Aquilo durou cinco minutos.

15.

Em perfeito estado

Depois da aula, fui deixar o livro de história no meu armário. O Abel estava lá, escrevendo a sua frase do dia no quadro branco.

"Nunca gaste seu dinheiro antes de tê-lo." — *Thomas Jefferson*

Contei sobre a minha maquete.

Ele ergueu a sobrancelha.

— Você disse que usou a... Garota do Aspirador?

— Sim. Por quê?

— Suponho que você desconheça sua história maldita.

— Quer dizer aquela que diz que eles usavam um boneco antigo do Big Jack Jackson e o pintavam para deixá-lo parecer com ela?

Abel sorriu.

— Ah, essa é só a ponta do *iceberg*. Venha comigo até a minha sala e vou lhe contar uma história de intrigas, mentiras, violência censurada para menores de treze anos, péssimo acabamento e ganância.

Caminhamos pelo corredor enquanto eu ouvia o que Abel falava.

— Depois do lançamento do brinquedo da Garota do Aspirador, as crianças começaram a se cortar no pegador dos aspiradores de pó e a se ferir quando a mangueira ficava presa nas narinas. Além disso, o boneco tinha um ímã bem pequeno nas mãos, que podia se soltar e ser engolido. Também foi usada tinta à base de chumbo. A Garota do Aspirador foi declarada o brinquedo mais perigoso já lançado. Foi feito o *recall*, as peças foram retiradas das lojas e destruídas imediatamente. Desde então, restam pouquíssimas unidades. É um dos bonecos mais procurados e mais valiosos no mundo dos colecionadores.

Abel era tipo o Google. Você podia perguntar qualquer coisa para ele.

— Como é que você sabe disso?

— Eu investi no mercado de bonecos colecionáveis por um tempo. Comprava a preços baixos e vendia com lucro. Fui a alguns eventos de quadrinhos. Vai ter uma edição no centro de convenções em janeiro. Talvez eu vá, só para matar a saudade, e para avaliar como está o mercado atual de cultura popular.

— Então, quanto vale uma Garota do Aspirador?

— Bom, se alguém conseguisse encontrar uma, o que é praticamente impossível, e ela estivesse intacta, dentro da caixa, há quem diga que poderia valer até uns 1.500 dólares.

O QUÊ?

Quase desmaiei pela terceira vez na vida. Zeke estava certo. Eu não deveria ter usado a Garota do Aspirador. Eu tenho que começar a ouvir o que ele diz.

Não conseguia acreditar que aquele brinquedo barato, feio e malfeito valia tanto assim. Emma também tinha razão quando disse que podia virar item de colecionador um dia. Eu detesto quando a Emma tem razão.

— E se estiver aberta? — perguntei ao Abel.

— Por causa de sua raridade, ainda assim, ela valeria uma boa grana. Arriscaria dizer que pelo menos mil dólares.

Corri de volta para a sala da Sra. Troller usando minha velocidade vampirozômica. Enquanto corria, desviando das pessoas mais lentas do mundo, comecei a fazer uma lista das coisas que poderia comprar com o dinheiro.

1. *Cinco videogames novos.*
2. *Skate novo.*
3. *TV gigante para o meu quarto.*
4. *Um bom microfone para a nossa banda.*

Empurrei um pessoal que estava na frente da sala da professora Troller. Sentada à sua mesa, ela olhou para mim.

— Qual é o problema, Tom?

— Nenhum, eu espero!

Corri até a minha maquete na prateleira.

A cadeira de balanço estava vazia.

A Emily Dickinson, também conhecida como Garota do Aspirador, também conhecida como Big Jack Jackson, tinha desaparecido.

16.

Quem foi?

Talvez alguém tenha esbarrado na maquete e o boneco tenha caído de sua cadeira de balanço para o chão. Ou talvez alguém, de brincadeira, a tenha colocado em outra maquete.

Procurei no chão, atrás e embaixo da prateleira, atrás da minha maquete, e em todas as outras. A Emily não estava em lugar nenhum. Será que alguém sabia quanto ela valia? Senti um frio na barriga.

— Professora Troller, alguém roubou a Emily Dickinson.

— Por que alguém faria isso? Ela tem algum valor? — ela perguntou.

Tive que blefar.

— A minha irmã a comprou na loja de 1,99.

A professora Troller se virou para o pessoal sentado na sala.

— Alguém viu a boneca da Emily Dickinson que estava na maquete do Tom?

Todos balançaram a cabeça em negação, mas um deles estava mentindo. Olhei para todos aqueles rostos, procurando uma pista de quem seria o culpado.

O olho esquerdo da Bridgid O'Shaughnessy estava tremendo. Achei que fosse ela! Mas ela colocou os dedos no olho e tirou uma lente de contato, piscou algumas vezes e pôs a lente de volta. Tirei-a da minha lista de suspeitos.

Nervoso, Elliot Friedman cruzava e descruzava as pernas. Será que ele havia pego a Emily? Ou só precisava ir ao banheiro? Ele passava bastante tempo no banheiro.

Os olhos do Jason Gruber iam de um lado para o outro, como se ele estivesse escondendo alguma coisa. Mas talvez só olhasse para a Emily Arbon, já que era apaixonado por ela.

Vi David Landis pôr devagar a mão no bolso da camisa. Será que a Emily estava lá? Ele tirou dali o aparelho e o colocou na boca.

Olhei para Olivia Dunaway. A maioria das pessoas a achava a menina mais bonita da sexta série. Talvez a escola inteira. Ela olhava para mim como se quisesse me convidar para a sua próxima festa de aniversário. Eu sorri para ela. Ela sorriu para mim e, quando inclinou a cabeça para o lado, seus cabelos compridos e escuros caíram no rosto. Tirei a Olivia da lista de suspeitos.

A professora Troller disse:

— Tom, você precisa voltar para a sua aula. Vou ficar de olho na Emily Dickinson.

Será que eu poderia confiar na professora Troller? Será que eu poderia confiar em alguém?

Eu queria interrogar toda a turma, como fazem os detetives particulares naqueles filmes antigos que meu pai adora. Sei exatamente o que eu diria.

— Certo, escutem aqui. Se alguém acha que vai levar a Emily Dickinson para casa, que fique claro que isso não vai acontecer. Entreguem-na agora mesmo ou as coisas vão ficar feias. E, quando eu digo que vão ficar feias, quero dizer que o Zelador Ranzinza vai ter que vir aqui com seu esfregão e balde para limpar uma bela sujeira. Pois bem, não vou sair *desta sala enquanto a pessoa que roubou a Emily não confessar e eu não a tiver de volta. Sã e salva, em perfeito estado. Esvaziem os seus bolsos, bolsas e mochilas. E eu não preciso de um mandado de busca. Tenho o meu mandado de busca bem aqui. Também conhecido como meus caninos afiados como navalha.*

Gostaria de ter dito isso a eles. Mas eu não disse.

— Tom? — disse a professora Troller. — Por que você ainda está aqui? Você precisa ir para a sua aula ou então vai se atrasar.

Olhei para o relógio de parede acima. Era verdade, eu precisava ir embora. E precisava pensar. Enquanto eu saía, dei uma última olhada na cadeira vazia da Emily na maquete. Será que ela voltaria a se sentar ali algum dia?

17.

Sombra de dúvida

Caminhei pelo corredor vazio. Ouvi um saxofone, uma melodia de blues triste que combinou bem com o meu humor. Senti-me em um filme. Então, percebi que eu estava indo na direção da sala de música. Vi o Dani Michaeli ensaiando no seu saxofone. Ele tocava bem, e aposto que tentaria participar do show de talentos em janeiro. A nossa banda também iria tentar, mas eu não podia pensar nisso naquela hora. Precisava encontrar a Emily antes que alguém a vendesse e eu nunca mais a visse.

Eu precisava beber alguma coisa. Minha boca estava tão seca quanto a caixa de areia do jardim de infância. Parei na frente do bebedouro. Enquanto bebia água gelada, repassei os fatos na minha cabeça. Todos os alunos que estavam na sala da professora Troller na terceira aula tinham ouvido o Zeke dizer que ela era a Garota do Aspirador. Será que alguém sabia que a boneca valia muito dinheiro? Será que alguém da outra turma sabia quem era a Emily de verdade? Eram duas turmas cheias de suspeitos. Eu não poderia descartar ninguém. Nem mesmo a professora Troller. Será que ela colecionava réplicas de personagens? Era por isso que nos mandava fazer maquetes, esperando que algum dia alguém trouxesse a Garota do Aspirador?

Voltei à sala ainda pensando no assunto. Da última vez que eu tinha visto a Emily, quando saía da terceira aula, ela estava sentada na escrivaninha. Fui a última pessoa a sair da sala, então ninguém daquela turma poderia tê-la roubado... Espera! Eu *não* fui a última pessoa a sair da sala. Tinha alguém do lado da janela, colocando a mochila.

O Tanner Gantt.

Foi ele. Ele já tinha roubado o skate do Zeke e provavelmente um milhão de outras coisas. Ele virou o meu suspeito número um.

Abri a porta e entrei na aula de matemática logo depois de o sinal tocar. Expliquei à professora Heckroth o que tinha acontecido. Pensei que ela seria legal comigo, mas ela nem ligou para o fato de alguém ter cometido um crime terrível. Ela me deu uma advertência por chegar atrasado.

Na aula seguinte, de artes, sentei-me ao lado da Capri. Ela parou de desenhar o falcão que rabiscava, colocou o lápis na mesa e me olhou com aqueles seus olhos castanhos profundos.

— Eu sinto muito pela Emily Dickinson — ela disse.

— Como você ficou sabendo?

— Notícia ruim se espalha rápido aqui na escola.

— É. Espalha feito piolho.

Zeke teve piolho quando estávamos na primeira série. A Capri e eu pegamos dele, então ela sabia do que eu estava falando e concordou com a cabeça. Será que os lobisomens têm piolho? Espero que não.

— Tem alguma coisa que eu possa fazer para ajudar? — ela perguntou.

— Acho que não.

Ela colocou a mão no meu braço. Foi estranho. Mas também foi meio legal.

— Bom, se você lembrar de alguma coisa, é só dizer — ela falou.

Tocou o sinal do intervalo e eu estava com uma fome de zumbi. Corri para a cantina o mais rápido que pude. Fui o primeiro a chegar. Sem truques. Sem furar a fila. Eu não arriscaria ter que ficar na Mesa da Vergonha de novo. Eu podia ver o Liversidge do outro lado do refeitório, olhando para mim com olhos de falcão.

— O que você vai querer, Tom? — perguntou a moça da cantina. — O de sempre?

— Isso. Com o dobro de tudo.

Ela me entregou um hambúrguer malpassado duplo, com batatas fritas extracrocantes.

— O que você vai beber? — ela perguntou.

— Leite. Será que tem algum bem gelado lá no fundo da geladeira?

— Tem. Já está até marcado com o seu nome.

Ela colocou uma caixinha de leite estupidamente gelado no balcão.

— Traz mais uma — eu disse.

Outra caixinha foi colocada ao lado da primeira. Pareciam gêmeas.

— Teve um dia difícil, Tom?

— É, tipo isso. Alguém roubou uma coisa minha.

— Eu sinto muito por isso.

A pessoa que roubou é que vai sentir muito quando eu a encontrar.

Eu tinha que admitir: era bem bacana esse negócio de brincar de detetive das antigas.

A moça da cantina me olhou com uma cara de quem diz "Eu nunca vou roubar nada de você".

Abri a primeira caixinha de leite, inseri o canudo e dei um gole bem longo. Estava amargo. Azedo. Podre. Exatamente como eu me sentia. Olhei para a data de validade. Estava vencido havia seis meses. Que cara de sorte que eu sou.

Um dia ruim estava prestes a ficar ainda pior.

18.

Suspeita razoável

Quando nos reunimos na mesa de costume na cantina, contei para o Abel, o Zeke, a Annie e a Capri que eu achava que o Tanner Gantt tinha roubado a Emily. Pedi ao Abel que contasse quanto ela valia. Eles eram de confiança. Eram meus amigos.

O Quente Cachorro deu um assobio daqueles bem longos e graves.

— É um dinheirão por um pedaço de plástico — disse Annie.

— Eu tenho uma coleção de bichinhos de pelúcia que vale uma fortuna — disse a Capri.

— Sinto muito por ser eu a dar as más notícias, mas foram fabricados milhões de ursinhos iguais aos seus. Eles devem valer um dólar cada um. Mas tenho certeza de que você se divertiu muito brincando com eles. — Abel fez uma careta.

Capri falou uma palavra que eu nunca tinha visto sair de sua boca. E Abel continuou:

— Se serve de consolo, a pessoa que roubou a Emily, ou Garota do Aspirador ou Big Jack, não está com o uniforme de camareira nem com o chapéu, o avental e, mais importante ainda, com o seu aspirador perigoso. Então, talvez essa pessoa até consiga algum dinheiro se vender o boneco, mas não vai ser muito.

— É verdade, mas eu não vou ganhar nem um centavo. E, se for o Tanner Gantt, será pior ainda — eu disse.

Abel concordou.

— Ele é o suspeito principal. Mas existe a possibilidade de não saber quanto vale a Garota do Aspirador. Talvez ele só tenha escondido a Emily como forma de atingir você.

— Ou talvez ele tenha uma coleção de Emily Dickinson — sugeriu Zeke.

Nós todos reviramos os olhos.

— Por que você não pergunta ao Tanner Gantt se foi ele quem roubou? — questionou Capri.

— Quero tomar cuidado, caso ele não saiba quanto ela vale. Não vou levantar suspeitas. — Balancei a cabeça, discordando.

— É uma incógnita. — Abel apoiou o queixo nas mãos.

Eu não sabia o que significava "incógnita", então perguntei ao Abel. Eu não tinha o costume de fazer isso quando as pessoas falavam palavras que eu não conhecia, para não parecer burro. Mas seria mais burro se não perguntasse.

Abel explicou:

— Uma *incógnita* é um enigma, um mistério ou um problema.

— Esse é um bom nome para a banda! — disse o Zeke. — Deveríamos nos chamar de Incógnita.

Todo mundo ficou pensando por um minuto, e concordamos que seria um bom nome. Era a primeira vez que concordávamos com alguma coisa.

— Olhem quem está aqui — disse o Quente Cachorro.

O Tanner Gantt tinha acabado de entrar na cantina.

Annie pôs o sanduíche de queijo quente dela na mesa e se levantou.

— Vou descobrir se foi ele.

Eu estava com a boca cheia de hambúrguer, então não pude dizer nada. Quando consegui engolir e dizer "Espera, Annie! Não!", ela já estava cara a cara com o Tanner Gantt.

— Qual é o problema, Barstow? — ele zombou.

— Você roubou a Emily Dickinson?

— Por que eu iria querer uma boneca idiota?

— Talvez você tenha uma coleção da Emily Dickinson — disse o Zeke, enquanto revirávamos os olhos de novo e íamos atrás de Annie. Ela não ia desistir.

— Se você não está com ela, prove. Deixe-me olhar a sua mochila.

— Sem chance — ele disse.

— Sem problemas. Então quem sabe eu peça ao diretor Gonzales que dê uma olhada.

— Ele não pode fazer isso.

— Por que não?

— Direitos humanos. Não se podem fazer buscas ilegais nas coisas das pessoas.

Como é que o Tanner Gantt sabia disso? Ele nunca prestava atenção na aula.

— Ah, sério? — disse Annie sorrindo. — Em 1985, a Suprema Corte afirmou que os funcionários das escolas não precisam de uma causa provável ou de um mandado de busca para vasculhar as coisas dos alunos se tiverem uma suspeita razoável.

Aposto que a Annie vai acabar virando ministra da Suprema Corte um dia.

O Tanner Gantt cruzou aqueles brações e disse:

— A Suprema Corte também disse que só se pode vasculhar uma mochila em caso de "risco iminente à segurança dos outros estudantes". Como é que uma Emily Dickinson desaparecida representa um risco? — Ele acenou e foi embora sorrido. — Tchauzinho.

Annie se sentou e balançou a cabeça.

— Às vezes eu odeio a Suprema Corte.

— Eu tenho uma sugestão, Sr. Marks — disse Abel. — O que você acha de fazer um cartaz e oferecer uma recompensa se a Srta. Dickinson for devolvida inteira?

— Essa é uma ótima ideia! — Deixei na mesa o sanduíche pela metade. — Capri, você pode desenhar uma imagem da minha boneca?

Ela pegou uma caneta e a rodopiou nos dedos.

— Eu posso desenhar *qualquer coisa*.

19.

Pessoas desaparecidas

Capri fez um desenho incrível. Ainda tínhamos uns quinze minutos de intervalo, então eu e Zeke corremos à biblioteca para imprimir alguns cartazes. A Srta. Paroo, a bibliotecária, pareceu suspeitar de alguma coisa quando pedimos a ela.

— Para que mesmo serve isso?

— É para a aula de história da professora Troller — eu disse. Era uma meia verdade. Ela acreditou.

Você me viu por aí?

Desaparecida: Emily Dickinson

Altura: 13 cm. Cabelo castanho curto. Olhos castanhos vesgos. Sobrancelhas grossas.

Cicatriz na bochecha. Nariz grande.

Vista pela última vez em 1º de dezembro, às 11h23, na sala 222, terceira aula, em uma caixa de sapato, usando um vestido branco e sentada a uma mesa com uma máquina de escrever.

Recompensa generosa para quem devolvê-la inteira e em segurança ou para quem trouxer informações que levem à prisão, acusação ou condenação de quem a roubou.

Contato: Tom Marks

Só tínhamos colocado uns quinze cartazes quando o diretor Gonzales nos viu e nos fez tirar todos os que já tínhamos colado.

— Senhores, vocês precisam de autorização para colocar cartazes na escola.

Eu dei um sorriso enorme e falso igual ao da Maren Nesmith.

— Você, por favor, nos autoriza?

— Não dá. Os cartazes têm que ter a ver com as atividades da escola — ele olhou para uma impressão. — Eu tinha uma coleção de réplicas quando estava mais ou menos com a idade de vocês. Uma coleção enorme. Minha mãe se desfez de todas as peças quando entrei na faculdade. Valeria um bom dinheiro agora. Mas...

Eu não tinha tempo para ouvir a história da vida do diretor Gonzales.

— Melhor irmos para a aula — eu disse.

— Vou ficar com estes aqui. — Ele esticou a mão.

Entregamos os cartazes e ele foi embora.

Zeke fez aquela cara de "Eu tive uma ideia maluca, mas vou falar mesmo assim".

— Tonzão... talvez tenha sido o diretor Gonzales quem roubou a Garota do Aspirador. Talvez ele nos tenha obrigado a tirar os cartazes para que ninguém visse. Talvez ele e a professora Troller sejam os operadores de uma organização criminosa e clandestina de tráfico de bonecos. Se algum aluno trouxer uma réplica valiosa para a escola, ela fala para ele roubar para depois venderem!

— Acho que não, Zeke.

Decidimos voltar à cena do crime para ver se alguém tinha devolvido a Emily. Tínhamos cinco minutos antes que batesse o último sinal para a sexta aula. Ao chegar perto, senti o cheiro de um sanduíche de linguiça com queijo, cebola e pimentões grelhados, então me deu fome. E, quando você é um terço zumbi, é melhor cuidar para não ficar faminto.

A professora Troller estava sentada à mesa. Na sua frente havia um dos sanduíches mais cheirosos do mundo.

— Sinto muito, Tom. Ninguém a devolveu.

Fiquei olhando para o sanduíche. Tinha um cheiro tão delicioso que me fez começar a salivar. Por sorte, a professora Troller percebeu.

— Você quer metade do meu sanduíche, Tom? Não consigo comê-lo inteiro.

— Sério? Obrigado, professora.

Peguei o sanduíche e estava prestes a dar uma mordida quando Zeke segurou o meu braço.

— Tonzão! Já sei como você pode encontrar a Emily Dickinson!

— Como?

— Use o seu olfato de lobisomem.

— Mas eu não conheço o cheiro dela.

— Cheire a cadeira onde ela estava sentada!

Farejei a cadeira na maquete. Tinha cheiro de madeira velha, mas tinha outro cheiro também. Plástico. Voltei ao corredor e farejei o ar. Eu conseguia sentir o mesmo cheiro bem de leve, a distância. Fomos andando na direção daquele odor e eu fui comendo o sanduíche pelo caminho.

Era difícil diferenciar o aroma da Garota do Aspirador de todo o resto. Eu sentia cheiro de sanduíche de linguiça, vários perfumes femininos, gel de cabelo, tinta fresca em uma porta que o Zelador Ranzinza estava pintando, adolescentes que deveriam usar desodorante mas não usavam.

Fui andando até que o cheiro ficasse mais intenso. Estávamos chegando perto. Eu teria apostado um milhão de dólares que acabaria no armário do Tanner Gantt. Mudamos de direção e ali estava o Quente Cachorro, segurando alguma coisa na mão.

O Quente Cachorro tinha roubado a Emily.

Fui até ele e disse:

— Achei que você fosse meu amigo!

— Do que você está falando? — ele disse.

— Nós tocamos na banda juntos! Meu pai empresta a bateria para você!

— Qual é o seu problema, Marks?

— Me dá!

— Dar o quê?

— A Emily Dickinson!

— Eu não estou com ela!

— Ah, não? E o que você tem na mão?

Ele abriu a mão. Estava segurando uma réplica do Dr. Cérebro Malvado.

Inclinei e dei uma farejada. Como é que eu poderia saber que todas as réplicas de personagens têm o mesmo cheiro?

— Ah... desculpa, Quente Cachorro — eu disse. — Foi um simples caso de troca de identidades.

Eu me senti como se fosse o detetive Daniel em pessoa. Ele cometia uns erros bobos assim.

Quando chegamos à aula de educação física, eu tinha coisas importantes para resolver.

20.

O informante

Eu estava no banheiro, fazendo aquilo que se faz no banheiro, quando ouvi uma voz que não reconheci, vinda da cabine ao lado.

— Marks?

— Eu.

— Ouvi falar que você está procurando alguém.

— Eu posso estar.

Quem quer que fosse, devia ter visto um dos nossos cartazes antes de o diretor Gonzales nos obrigar a tirá-los das paredes.

— Ouvi falar que é uma certa dama que usa vestido branco, não sai de casa e escreveu oitocentos poemas.

Esse garoto sabia muito sobre a Emily Dickinson.

— Continue — falei.

— Talvez eu saiba onde ela está.

— Onde ela está?

— Quanto ela vale para você?

— Cinco dólares?

— Deixa para lá. Você não deve querê-la de volta tanto assim.

— Tá bom, tá bom. Dez dólares. O que você sabe?

— Vamos com calma. Vamos ver a nota verdinha que você tem aí.

Coloquei a mão no bolso da frente da minha jaqueta jeans, o que, em razão da minha posição naquela hora, não foi fácil. Comecei a passar o dinheiro por baixo da cabine, mas parei.

— Espera. Como é que vou saber se essa informação é verdadeira?

— Ouvi duas pessoas conversando na parte de trás da cantina.

A parte de trás da cantina é onde passam o recreio as crianças que fizeram alguma coisa que não deveriam ter feito na escola. Emma tinha me avisado:

— Nunca vá comer na parte de trás da cantina.

— E você tem *certeza* de que estavam falando sobre a Emily Dickinson? — perguntei.

— Não era sobre a Mulher Maravilha.

— Disseram as palavras "Emily Dickinson"?

— Não. A pessoa é muito inteligente para isso. Disse que tinha algo muito valioso, que tinha roubado de uma sala e que estava disposto a vender.

— Você está falando sobre o Hammet Chandler? — disse uma nova voz vinda da cabine do meu outro lado.

— Cuide da sua vida! — disse a primeira voz.

— O Hammet não estava falando sobre a Emily Dickinson, ele estava vendendo as respostas da prova de sexta-feira da professora Heckroth.

— Como você sabe? — perguntei.

— Porque eu comprei as respostas dele.

— Ah, obrigado — eu disse para a pessoa que tinha acabado de me fazer economizar dez dólares.

— De nada. Ei, você quer comprar as respostas da prova?

— Não, obrigado.

— Eu quero! — falou o primeiro garoto.

Saí da cabine. Os outros garotos ficaram e fecharam o negócio entre eles.

21.

Na cola do Tanner Gantt

Depois da aula de música, peguei o ônibus para casa, mas o suspeito número um, Tanner Gantt, não o pegou. O ônibus passou ao lado dele enquanto ele caminhava pela calçada. Baixei a janela e farejei. Senti cheiro de Cheetos, torresmo, livro e de algumas roupas que precisavam ser lavadas. Mas eu ainda tinha a impressão de que ele estava com a Emily. Eu precisava ter certeza.

Desci do ônibus, corri até em casa, larguei minha mochila e corri até a casa do Tanner Gantt. Cheguei no momento em que ele estava entrando pelo quintal. Fiquei olhando, parado atrás da cerca de madeira, enquanto ele passava pela piscina vazia. Seu cachorro gigante e feroz saiu da portinhola, latindo como se quisesse matar alguém.

— Fica quieto, Max! Sou eu!

Max viu quem era e ficou quieto.

Tanner Gantt fez um carinho no Max, depois se inclinou e beijou o topo daquela cabeça feia e gigante. Não imaginei que ele fizesse algo assim. Também não sabia que ele entendia de direitos humanos. As pessoas às vezes surpreendem.

Tanner e Max entraram na casa pela porta dos fundos.

Abri o portão em silêncio e cruzei o pátio, tentando não pisar na pilha de cocô do Max. Contei seis no total. Ergui uma janela e espiei a cozinha. Era uma bagunça, com louças sujas empilhadas na pia e na mesa. Tanner Gantt tirou a mochila e jogou-a no chão. Se a Emily estivesse ali dentro, torci para que ela não tivesse sido esmagada.

— Tanner? — falou uma mulher com voz de sono vinda de outro quarto.

— Mãe? — ele chamou, parecendo surpreso. — Por que você não está no trabalho?

— Estou doente.

— De novo?

— Sim! Traga uma Coca Zero para mim!

Ele abriu a geladeira, pegou uma lata de Coca Zero e saiu da cozinha.

Ali estava a minha chance. Abri a porta dos fundos, fui até a mochila e abri o zíper.

— Em um copo com gelo! — gritou a mãe.

Ouvi o Tanner Gantt resmungar um palavrão. Ele se virou e voltou para a cozinha. Eu precisava agir rápido.

— Vire um morcego. Morcego, eu serei! — sussurrei.

Virei um morcego. Voei para dentro da mochila para me esconder quando ele entrou na cozinha. Se a Emily estivesse ali, eu teria que esperar até que ele pegasse o refrigerante para depois cair fora de lá com a Emily. Enquanto ele abria o freezer, dei uma olhada na mochila.

Não tinha muita coisa. Uns fones de ouvido velhos. Livros de matemática e de história. Dois pacotes de salgadinho esmagados. Metade de um pedaço de torresmo apimentado que parecia estar ali desde a quarta série. E, no fundo, uma camiseta fedorenta, suada e enrolada. O cheiro estava tão forte que eu quase vomitei. Ter um olfato poderoso nem sempre era uma coisa boa.

O Tanner Gantt não tinha roubado a Emily. Agora eu precisava esperar até que ele saísse da cozinha para poder ir embora.

Mas aí senti outro cheiro. Um cheiro bem suave de plástico. Com cuidado e em silêncio, desenrolei a camiseta.

Oi, Emily.

22.

Pego em flagrante

Ali estava ela, olhando para mim. Inteirinha, em perfeito estado. Eu não tinha conseguido sentir o cheiro porque o fedor da camiseta tinha dominado. Será que Tanner Gantt tinha feito de propósito? Será que era mais esperto do que eu imaginava? Eu não quis pensar nessa possibilidade. A Emily estava ali — quer dizer, a Garota do Aspirador — e, assim que ele saísse da cozinha, eu a levaria para casa.

Passos.

Ou melhor, pegadas.

Max veio correndo para a cozinha e começou a farejar a mochila. O narigão dele me empurrava contra o outro lado do náilon da mochila.

— Quieto, Max! — gritou Tanner Gantt.

Max se pôs a latir.

— Max! Fica quieto!

Ele não ficaria. Estava sentindo cheiro de morcego. Se o Darcourt tivesse me ensinado a falar cachorrês, eu poderia falar baixinho para ele:

— Max, ouça o seu mestre. Pare de latir.

— Quem disse isso?

— O meu nome é Tom. Eu sou um vambizomem. Mas agora eu sou um morcego.

— O quê? Isso me confundiu.

— Não se preocupe com isso, Max. Pode ir embora.

— Eu nunca comi um morcego.

— Você não vai querer. Eu tenho um gosto horrível.

— Estou faminto! Ainda não jantei.

— Bom, é porque seu dono é péssimo. Ele é um idiota, um provocador, mentiroso, malvado e ainda rouba as coisas dos outros.

— Não diga isso sobre o meu dono!

— Olha, eu peço desculpas, mas é verdade. Por favor, Max. Vai embora.

— Você não manda em mim. Vou rasgar essa mochila e comer você.

— Não, não faça isso! Só de falar com você, já sei que você não vai gostar de comer morcego.

— *A minha mãe sempre me falou para não ser enjoado para comer.*

Talvez seja melhor não saber falar cachorrês.

Por sorte, ouvi Tanner Gantt arrastar o Max e levá-lo a alguma outra parte da casa. Ouvi o barulho de porta se fechando; Tanner tinha voltado sozinho. Eu ainda precisava esperar que ele saísse da cozinha para poder escapar.

— Tanner, por que você está demorando tanto?

A mãe dele entrou na cozinha. Parecia que ela estava de pé bem do lado da mochila.

— Como foi a escola?

— Legal.

— Nada de videogames nem TV antes de fazer a lição de casa.

— Eu fiz no ônibus.

— Mostre para mim.

— Por quê?

— Porque eu não acredito em você. Onde está? Aqui?

Ela pegou a mochila.

Não, não, não, não, não! Não precisa olhar aqui! Acredite no seu filho! Coloquei a Emily em cima da camiseta fedorenta e me escondi ali embaixo, bem na hora em que ela começou a olhar o interior.

— Não estou vendo a sua lição de casa aqui, Tanner.

— Eu só precisava ler alguns capítulos desses livros.

Senti que ela estava pegando a Emily.

— O que você está fazendo com uma boneca?

— É para a aula de história. Eu tenho que fazer uma maquete sobre a Emily Dickinson.

— Ela não ganhou nenhum concurso de beleza, né? Eu devia dar essa boneca para a Allison. Ela gosta de bonecas.

Não! Não! Não! Não dê para a Allison! Ela tem tinta à base de chumbo! Tem ímãs! Vai matar a coitadinha da Allison, seja lá quem for.

— Quem é Allison? —Tanner Gantt perguntou.

— É a filha do Jerry.

— Quem é Jerry?

— Já falei dele para você, Tanner. Aquele senhor simpático que vai me dar um emprego no shopping no final do ano.

— Eu ainda não fiz a minha maquete. Então vou precisar dela.

— Tá certo. Faça a sua maquete, depois eu dou a boneca para a Allison.

Senti a Emily caindo em cima da camiseta. Ela estava de volta na mochila.

— Que cheiro é esse, Tanner? Essa camiseta está nojenta! Isso precisa ir para a água agora mesmo!

Nããããão! Não lave a camiseta! Deixe-a aqui mesmo!

— Tá bom, tá bom. Eu vou lavar. O que vai ter para o jantar?

Ela derrubou a mochila no chão.

— Tem uma pizza no congelador. Vou sair hoje à noite.

— Pensei que você estivesse doente.

— Eu estava. Estou. Vou dormir mais um pouco e vou acordar melhor.

Eu a ouvi indo embora.

Tanner pegou a mochila, andou um pouco e parou. Ouvi o giro de uma maçaneta, uma porta sendo aberta e fechada, depois o barulho de um cadeado. Ele colocou a mão na mochila e tirou a Emily, jogando em seguida a bolsa no chão. Ouvi que ele digitava no computador.

Saí de debaixo da camiseta fedorenta e rastejei com cuidado, até chegar à parte de cima da mochila. Eu estava olhando para o quarto do Tanner Gantt.

23.

O mundo secreto de Tanner Gantt

Ele estava de costas, sentado na escrivaninha. Aposto que anunciava a Garota do Aspirador para vender na internet. Ela estava ao lado dele, ainda vestida de Emily, apoiada na luminária da mesa. Quando ele se virou para olhá-la, tomei um baita susto.

Tanner Gantt usava óculos.

Ele nunca os usava na escola. E sempre tirava sarro das pessoas que usavam.

O celular dele estava no viva-voz e alguém tinha deixado um recado.

— Aqui é o Hannigan. É bom você ter um bom motivo para estar me ligando.

Bip.

— Aqui é o Tanner. Estou com aquela coisa de que falei para você. Liga para mim quando quiser que eu leve até aí. Então ficaremos quites e não vou te dever mais nada.

Ele desligou.

Eu sabia quem estava do outro lado da ligação. Era um garoto mais velho chamado Dennis Hannigan. Ele era a pessoa mais assustadora, mais malvada e mais durona da escola de ensino médio em que Emma estudava.

Olhei para o quarto. "Tanner é o cara" estava pichado com tinta preta em uma das paredes. Meus pais me *matariam* se eu fizesse isso. Acho que a mãe dele nem ligava.

Ele tinha alguns pôsteres na parede: um skatista cabeludo, um lutador chamado Vou Te Quebrar e a banda King Moe, que tinha os três caras mais nervosos do planeta, como se fossem matar quem não gostasse da música deles. Tinha outro pôster de uma mulher ruiva usando o menor biquíni que eu já tinha visto na vida. Minha mãe não me deixaria colocar algo assim no meu quarto nem em um milhão de anos.

Tinha uma bola de beisebol prateada ao lado de alguns halteres, que ele devia usar para fazer musculação e ficar forte para bater nas pessoas. Tinha um velho baixo preto em cima da cama. Provavelmente tinha roubado o instrumento e planejava vendê-lo.

Aí, tomei um susto pior do que quando o vi de óculos. Tinha uma prateleira lotada de livros. Não eram tantos quanto os que havia no quarto da Annie, mas eram muitos. *O Tanner Gantt lia?* Isso explicava como ele sabia sobre direitos humanos. Nunca poderia ter imaginado uma coisa dessas.

Debaixo da cama, vi um bicho de pelúcia velho. Um elefante. Eu nunca sonharia com Tanner Gantt brincando com aquilo, mas acho que ele foi bebê um dia. Fiquei imaginando se ele era um bebê malvado.

Esperei para ver, espiando por fora da mochila. O Tanner jogava um jogo de videogame chamado World War Ten. Eu tenho que admitir: ele jogava superbem.

Nesse meio-tempo, fui ficando com uma fome de zumbi. Decidi comer aquele torresmo apimentado. Não era tão ruim. Mas não era o suficiente para encher minha barriga. Eu tinha que ir para casa. Vi pela janela do Tanner Gantt que o sol já tinha se posto. Precisava de um plano.

Plano de Fuga e Resgate da Garota do Aspirador

1. *Sair voando da mochila e voltar a ser eu (mas aí o Tanner Gantt saberia que eu posso me transformar em morcego).*
2. *Continuar como morcego (ainda assim ele provavelmente saberia que o morcego era eu).*
3. *Pegar a Garota do Aspirador e sair rápido para que a mãe dele não me visse (arriscado — ela não parava de aparecer por lá).*

Ouvi a maçaneta balançar.

— Tanner! — disse a mãe dele. — Por que a sua porta está fechada?

— Para eu ter um pouco de privacidade!

— O que você está fazendo aí?

— Estou trabalhando na minha maquete.

— É dia de jogar o lixo. Leve as lixeiras para fora.

— Pode deixar.

— Faça isso já. Senão você vai esquecer, igual na semana passada, e eu vou ter que fazer. Quebrei até uma unha, e tinha acabado de voltar da manicure!

— Você está sempre cansada ou doente! Eu tenho que fazer tudo sozinho!

— Não fale desse jeito comigo, ou vai se arrepender!

Ouvi quando ela foi embora.

Não me admira que o Tanner goste de sair e se sentar no balanço do parque à noite. Eu também faria isso se minha mãe gritasse comigo daquele jeito. Senti um pouco de pena dele, mas não muito. Ele ainda era um ladrão e um provocador.

Que sorte que era dia de jogar o lixo. Aí estava a minha chance de ir embora.

O Tanner Gantt se levantou, destrancou a porta e saiu. Saí voando da mochila e fui até a escrivaninha. Peguei a Emily pela cabeça com os meus pés. Ou seriam patas? Ou garras? Eu precisava pesquisar. Deveria saber o nome das partes do meu corpo.

Voei até a porta e planei, olhando pelo corredor. As laterais estavam livres. Saí voando pela sala, virei na cozinha e bati a porta na cara da mãe dele.

24.

Você disse "morcego"?

A mãe do Tanner Gantt disse o mesmo palavrão três vezes e depois começou a gritar.

— Tanner! Ajuda aqui!

Torci para que ela corresse, mas não correu. Ela me chamou de um monte de nomes que eu só tinha ouvido em filmes censurados. E começou a me golpear com as mãos, fazendo com que eu derrubasse a Emily.

— Tanner! Venha já aqui!

Ouvi o Tanner correr pela casa. Voei e me escondi atrás de uma enorme caixa de cereais matinais em cima da geladeira, assim que Tanner entrou na cozinha.

— Qual é o problema?

— Mate! Mate! Mate!

— Matar o quê?

— O morcego!

— Morcego? Você disse *morcego*?

— Sim, eu disse morcego! — gritou a mãe dele. — Mate o morcego!

— Tem um morcego aqui?

— Sim! Quantas vezes eu tenho que dizer? Qual parte você não entendeu?

— Você tem certeza de que é um morcego?

— Sim, tenho certeza! Ele tentou bicar meus olhos e me morder! Eu poderia ter contraído raiva!

— Onde ele está?

— Acho que ele foi para trás da caixa de cereais, em cima da geladeira.

Do lugar onde eu estava escondido, podia ver a Emily caída no chão. Por sorte, Tanner Gantt não tinha reparado nela. Mas era uma questão de tempo. Eu precisava pegar a Emily e cair fora dali. Rápido.

— Fique aqui, Tanner — a mãe dele disse. — Vou pegar seu taco de beisebol para você poder esmagar esse bicho!

Eu não gostei do rumo que aquele plano estava tomando. A mãe dele saiu correndo pela sala. Ouvi o chão ranger quando o Tanner deu dois passos na direção da geladeira.

— Marks? — ele disse. — É você? Você é um morcego?

Ouvi a mãe dele voltando. Ela tinha trazido o Max também, latindo feito um maluco. Um cachorro gigante tentando me comer dificultaria minha fuga.

— Aqui está o seu taco, Tanner! Esmague esse morcego!

Era agora ou nunca. Saí de trás da caixa de cereais e fiquei perto do teto. A mãe do Tanner estava segurando o taco e tentou me acertar. Pelo que deu para ver, ela não era uma grande jogadora de beisebol, porque abriu muito a tacada e quase acertou o próprio filho.

— Mãe! Você quase me matou!

Tanner Gantt se esquivou e pegou o taco da mão dela. Eu voei ao redor dele e mergulhei até o chão. Desviei do Max, que tentava me comer, peguei a Emily e saí voando pela portinhola do cachorro.

Liberdade.

Voei pelo quintal, passei por cima da cerca e peguei o rumo de casa. Fui discreto, de olho nas corujas. Por fim, quando pousei no meu quintal, coloquei a Emily na grama e voltei à forma humana. Peguei-a com cuidado e olhei para ela, que descansava na minha mão.

— Agora você está segura.

Mas os nossos problemas não tinham acabado.

25.

A aposta mais alta

Quando entrei pela cozinha, minha mãe fazia pose de "Estou muito brava com você", com as mãos na cintura.

— Por onde você andou, mocinho?

Sentei-me e disse:

— É uma longa história.

— Eu gostaria que você me contasse — ela disse.

— Eu também! — falou Emma, com um sorriso no rosto. Ela adorava quando eu me metia em encrenca.

Falei que eu estava fazendo a lição na casa de um colega da escola, o que, em parte, era verdade. Pedi desculpas e falei que telefonaria da próxima vez.

— Que nota você tirou na maquete da Emily Dickinson? — Emma perguntou.

— Tirei B. Eu teria tirado A, mas a Emily de verdade não usava máquina de escrever.

— Eu não sou historiadora — Emma deu de ombros.

Fui para o andar de cima e guardei Emily, que logo voltaria a ser a Garota do Aspirador, na gaveta da minha escrivaninha. Eu a colocaria à venda no dia seguinte, às seis da tarde. Minha mãe sempre dizia que era o melhor horário para vender as coisas.

Na manhã seguinte, Tanner Gantt entrou no ônibus, andou pelo corredor até onde eu estava sentado e parou.

— Então você aprendeu a virar morcego.

Eu não disse nada. Apenas olhei para ele.

— Já estava na hora — ele disse, e depois caminhou até o fundo do ônibus para se sentar.

∘ ∘ ∘

Ao chegar em casa depois da aula, pus o uniforme, o chapéu e o avental de volta na Garota do Aspirador. Por sorte, eu não tinha jogado fora o fundo de papelão nem a embalagem de plástico-bolha. Prendi-a no papel, ao lado do aspirador, e colei de volta a capa de plástico. Ela ainda tinha o cheiro do torresmo da mochila do Tanner Gantt.

Tirei algumas fotos e coloquei-a no leilão virtual. Recebi lances imediatamente. No fim da semana, ela tinha sido vendida a Ginger, uma mulher no Japão, por US$ 1.154,76. Ela era a presidente do fã-clube internacional da Garota do Aspirador. Eu não conseguia acreditar que houvesse um fã-clube.

De um jeito esquisito, lamentei que a Garota do Aspirador fosse embora. Mas o dinheiro deixou as coisas mais fáceis. Eu compraria coisas incríveis.

Coloquei plástico-bolha, fita adesiva e uma tesoura ao lado da Garota do Aspirador, que estava na minha cama, e desci para pegar uma caixa na garagem. Quando voltei ao andar de cima, Muffin passou correndo por mim no corredor. Com o canto dos olhos, vi que ele tinha alguma coisa na boca. Parei e me virei.

— Muffin?

Ele parou.

— *Muffin...?*

Ele se virou devagar na minha direção e me olhou.

Foi aí que eu vi a cabeça da boneca caindo para fora, entre os dentes do Muffin.

Meu cachorro estava comendo a Garota do Aspirador.

— Não! Muffin! Larga isso!

Por que eu não podia falar cachorrês, Darcourt? Eu teria dito: "Muffin, se você largar isso agora, eu vou dar o que você quiser para comer, pelo resto da sua vida!" Eu estava começando a me arrepender de não ter entrado para a alcateia.

Fui devagar até Muffin. Ele sabia qual era a minha intenção e saiu correndo. Corri atrás dele escada abaixo e consegui pegá-lo na cozinha, quando ele estava prestes a sair pela portinhola. Segurei o Muffin, abri sua boca e tirei a Emily dali.

Fechei meus olhos e disse em silêncio para mim mesmo: "Por favor, não esteja toda mastigada."

Com sorte, ela só estaria cheia de baba de cachorro. Eu poderia limpar. Abri meus olhos e olhei.

Falei um palavrão.

A cabeça dela estava caindo do pescoço. Tinha marca de dentes por todo o corpo, e o rosto estava mastigado. Nem o Zeke conseguiria reconhecê-la.

Adeus, videogames. Adeus, skate. Adeus, TV gigante. Adeus, Emily, Garota do Aspirador e Big Jack.

Era culpa do Muffin por ter comido, culpa do Tanner por ter roubado, culpa da Emma por ter a casa de bonecas que despertou minha ideia, culpa da Emily por ser uma poetisa famosa que a Annie amava e culpa da professora Troller por nos ter obrigado a fazer aquela maquete estúpida.

Ninguém iria querer uma Garota do Aspirador mastigada, mutilada e retorcida. Escrevi um e-mail para a Ginger e expliquei o que havia acontecido. Ela não queria acreditar em mim, então tive que mandar fotos. Ela me respondeu.

Caro Tom Marks,

Por favor, desculpe-me por ter desconfiado de você. Fiquei de coração partido ao ver a nossa bela Garota do Aspirador destruída. Por favor, não culpe o seu cachorro, ele não sabia o que estava fazendo. Espero vê-lo na convenção do próximo ano do fã-clube Nós Amamos a Garota do Aspirador, em Tóquio, ou na próxima Comic-Con!

"Tá tudo limpo!"

Ginger Kurosawa

Presidente e fundadora do fã-clube Nós Amamos a Garota do Aspirador

— Poxa, cara! — disse Zeke quando mostrei por telefone a Garota do Aspirador toda mastigada.

— Devia ter escutado você, Zeke. Eu nunca deveria ter tirado a boneca da embalagem e usado para aquela maquete estúpida.

Ele deu de ombros. Zeke nunca dizia coisas como "Eu avisei!" ou "É verdade, você deveria ter me escutado, seu besta!". Eu gosto disso nele.

— Você vai enterrá-la?

— Não.

Zeke enterrava seus bonecos quando eles quebravam. Ele tinha um cemitério completo no quintal de casa.

— O que você vai fazer com ela, Tonzão?

— Jogar fora. Agora é lixo.

— Hum... posso ficar com ela?

— Sério?

— Ela parece um alienígena ou um mutante muito da hora. É como se ela tivesse sido exposta à radiação atômica.

— Ou como se um cachorro tivesse tentado comê-la — eu disse.

— Isso! Um cachorro-dinossauro gigante e pré-histórico!

— Você quer mesmo isso, Zeke?

— Quero sim!

— Pode ficar com ela.

Zeke sorriu como se eu tivesse lhe dado um presente incrível.

— Excelente!

• • •

Naquela noite, eu estava no quarto, pronto para ir para a cama, cantando uma das músicas da nossa banda e treinando a harmonia. De repente, tive uma sensação arrepiante de que alguém me espiava. Olhei para cima e vi dois olhinhos verdes lá fora. Um morcego com uma cara muito conhecida estava sentado no parapeito da minha janela.

Martha Livingston tinha voltado.

26.

Um visitante-surpresa

Quanto tempo fazia que ela estava lá? Eu me senti como a Annie deve ter se sentido quando apareci em seu quarto. Fui até lá e ergui a janela.

— Boa noite, Thomas Marks.

— Você estava me espiando?

— Sim.

Ela entrou voando. Quando fechei a janela e me virei, ela já tinha voltado à sua forma humana. Eu tinha me esquecido como o cabelo dela era ruivo e comprido. Ela estava usando um vestido azul dessa vez; estendeu a mão na minha direção, e eu a cumprimentei. Sua pele estava fria, mas muito macia.

— Você pode devolver a minha mão? — ela disse.

— Ah, desculpa — eu a soltei. — Fazia quanto tempo que você estava me olhando?

— Um tempinho. Preciso dizer: você deve ter orgulho da sua voz.

— Obrigado.

Não lembrava que os olhos dela eram tão verdes. Ela olhou em volta do quarto.

— Os seus aposentos são sempre assim tão desordenados?

— É... Eu já ia limpar.

— Claro que ia — ela deu um sorrisinho. — Pois vim aqui para ver como você está. Como tem passado desde a última vez que nos encontramos, na noite das bruxas?

— Tudo bem.

— E como estão as suas namoradas, a Annie e a Capri? Alguma delas já arrebatou seu coração?

— Elas *não* são minhas namoradas!

Ela se sentou na cadeira da escrivaninha e ficou se balançando para a frente e para trás, devagar.

— Como vão as aulas?

— A escola vai bem, acho — encolhi os ombros.

— Quis dizer as aulas de vampirismo.

— Ah...

— Certamente já aprendeu a se transformar em fumaça, no mínimo?

— Ainda não.

— Meu bom Deus! Por que, afinal de contas, confiei o livro a você?

— Desculpe, mas tive um montão de coisas da escola para fazer.

— Como dizia o Dr. Franklin, "nunca estrague um pedido de desculpas com uma justificativa".

Ela sempre citava Benjamin Franklin.

— Você pode me ajudar?

— Mostre o que você sabe fazer.

Respirei fundo e tentei virar fumaça *dez vezes*, mas não consegui.

— É uma incógnita — ela disse. — Talvez você esteja se esforçando demais.

— Quanto tempo você levou para aprender?

— Alguns dias.

— Você acha que é porque eu sou só um terço vampiro?

— Talvez. Mas isso não pode impedi-lo.

Decidi mudar de assunto.

— Como foi aquela reunião de vampiros que você foi em Nova Orleans?

— Muita gente interessada no único vambizomem do mundo. Muitos estão querendo vir te conhecer.

Senti um frio na barriga horrível.

— Você não trouxe nenhum vampiro aqui com você, né? — fui correndo até a janela para olhar.

Não tinha ninguém no gramado na frente de casa. Nem nas árvores. Nem pairando pelo céu.

— Eu não trouxe vampiros — Martha suspirou. — Como tem passado o seu amigo Zeke? Ele deixou mesmo de fazer polichinelos quando se empolga?

— Sim. Ei, você consegue reverter a hipnose de alguém?

— Não estou entendendo o que você quer dizer — ela ergueu a sobrancelha.

— Eu meio que sinto falta dos polichinelos do Zeke. Se eu quisesse que ele voltasse a fazer, eu poderia?

— Você aprendeu uma lição valiosa. Mudar a natureza de alguém tem consequências imprevisíveis. Sim, você pode hipnotizar o Zeke e dizer para ele começar a fazer polichinelos. Mais alguma coisa importante aconteceu desde a última vez que conversamos?

Eu havia esquecido a coisa mais importante.

— Ah, sim! Encontrei o Darcourt, o lobisomem.

Ela pulou da cadeira.

— O quê? Onde? Quando?

— No mato, perto da casa da minha avó, no Dia de Ação de Graças.

— Você saiu correndo como eu recomendei?

— Hum... não.

— Você lutou com ele?

— Não!

— Conte-me o que aconteceu! Não me poupe dos detalhes!

— Nós ficamos conversando um tempinho. Perguntei a ele sobre a vida de lobisomem. Ele não era nada parecido com o que você descreveu.

— O Darcourt é um mestre do disfarce. Ele consegue assumir diversas caras e personalidades. Não se deixe enganar. Ele não é o que parece.

— Ele não me pareceu perigoso. Foi bem legal e simpático.

— Os mais perigosos geralmente são assim. O que mais aconteceu?

— Ele quis ver o livro que você me emprestou.

Os olhos dela ficaram enormes.

— Você contou para ele que está com uma cópia de *Uma educação vampírica*?

— É... contei.

— Seu cabeça oca!

Eu sabia que ela me chamaria disso em algum momento.

— Por favor, diga que você não mostrou o livro para ele!

— Não mostrei. Mas ele queria muito ver.

— Claro que ele queria! Qualquer lobisomem iria querer, para aprender os nossos truques! O livro está em um local seguro? Bem escondido?

— Está.

Decidi não contar que eu tinha dito ao Darcourt onde havia escondido o livro. Eu precisava achar um novo esconderijo.

Em vez disso, falei:

— Martha, li o que o Lovick Zabrecky escreveu no livro sobre fazer coisas horríveis se você o desse a alguém. Aquilo foi bem forte.

— Lovick Zabrecky era assim mesmo — ela concordou com a cabeça. — Mas, como falei para você, ele não é visto há cem anos. Não tenho medo dele.

— Então ele simplesmente... desapareceu?

— Muito provavelmente ele foi assassinado, ou se descuidou e chegou sua hora. O sol é um inimigo constante, não muito fácil de evitar. Houve boatos de que ele fora visto em Maine, mas não passava de papo furado. Por outro lado, o Darcourt está bem vivo. Ele com certeza tentará colocar as patas no livro. Quando ele voltar, não o deixe pegar o livro *em hipótese alguma*. Nem sequer dar uma olhadinha.

— Tá bom.

— Jure pelo seu sangue.

Ergui minha mão.

— Juro pelo meu sangue que não darei nem mostrarei o livro ao Darcourt — abaixei minha mão. — O cara que escreveu o livro, o Eustace Tibbitt, também era vampiro?

— Não, mas ele era apaixonado por uma vampira. Uma mulher chamada Leonora. Mas essa é uma história para outro momento. Preciso partir. Tenho um assunto para resolver.

— Que tipo de assunto?

— Jantar. — Ela sorriu de forma que consegui ver seus caninos.

— Ah.

— Continue estudando, Thomas Marks. Estudos vampíricos, eu quero dizer.

Ela voltou a ser morcego e voou até a janela.

— Você vai voltar? — perguntei.

— Eu o transformei, então sou obrigada a protegê-lo. E parece que você precisa de bastante proteção — ela abriu as asas. — Deixo você com as palavras do Dr. Franklin: "Declare guerra aos seus vícios, esteja em paz com os seus vizinhos e que cada dia transforme você em um homem (ou vambizomem) melhor."

Ela deu uma olhada para ver se encontrava corujas ou gaviões e saiu voando pela noite.

Agora eu não podia mesmo mostrar o livro para o Darcourt. Onde eu poderia escondê-lo? Caí no sono tentando pensar em um bom lugar. Mais tarde, eu me arrependeria por não ter encontrado outro esconderijo bem naquela hora.

27.

Zeke! Zeke! Zeke!

Na manhã seguinte, falei ao Zeke para me encontrar cedo no ponto de ônibus. Ele não me perguntou por quê. Ele nunca me pergunta nada quando peço coisas assim.

— Dia, Tonzão. Quer um bolinho de uva-passa?

— Não, obrigado — olhei em volta para ver se não tinha ninguém por perto. — Zeke, olhe bem nos meus olhos.

— Tá certo, Tonzão.

— Você está relaxado... e calmo.

— Eu estou... calmo.

Ele *já* estava hipnotizado. Só precisei de cinco segundos.

— Zeke... você pode voltar a fazer polichinelos quando estiver empolgado. Tá tudo bem.

Com voz de sono, ele disse:

— Polichinelos... tá bom.

— Acorde! — eu estralei os dedos e ele abriu os olhos.

— Tonzão, eu tive uma ideia na noite passada. E se as nossas carteiras na escola tivessem motores, como se fossem uns carrinhos, e a gente pudesse ir dirigindo de uma sala para a outra?

— Seria fantástico. Ei, você quer ir lá em casa jogar *Coelhos ao ataque!* depois da aula?

— Excelente!

Ele começou a fazer polichinelos.

— Por que você está sorrindo, Tonzão?

• • •

Quando cheguei à escola, vi que alguém tinha escrito "vbz" com canetinha preta no armário que eu e Abel dividíamos. Só podia ter sido o Tanner Gantt. Será que ele havia chegado cedo à escola para fazer aquilo? Depois da primeira aula, voltei ao armário para guardar meu livro de inglês e vi que tinham usado uma canetinha de outra cor e escrito "eu" mais um coraçãozinho vermelho acima das letras vbz.

Agora dizia assim:

EU ❤ VBZ.

Era um coração muito bem desenhado, então, quem quer que tivesse feito, parecia ser artista de primeira. Depois da segunda aula, fui até o armário e vi que alguém tinha riscado o coração.

Agora dizia:

EU ODEIO VBZ.

Entre uma aula e outra, alguém rabiscou o "EU ODEIO", acrescentou um "s" e escreveu "são fera!".

Ficou assim:

VBZS SÃO FERA!

Parecia a letra do Zeke. Depois da terceira aula, alguém havia riscado o "fera" e escrito "bizarros"; então dizia:

VBZS SÃO BIZARROS!

Ao final da quarta aula, alguém tinha colocado "amente incríveis" em uma letra que não era a do Zeke.

Agora estava assim:

VBZS SÃO BIZARRAMENTE INCRÍVEIS!

Depois do recreio, Zeke, Annie e eu vimos que tinham mudado para:

VBZS SÃO BIZARRAMENTE MONSTRUOSOS!

Zeke riscou "monstruosos" e mudou para:

VBZS SÃO AMIGOS BIZARRAMENTE INCRÍVEIS!

E foi aí que o diretor Gonzales entrou.

— Zeke, o que você está fazendo?

Zeke se virou e o cumprimentou.

— Arrumando uma besteira, diretor Gonzales.

— Você está estragando um patrimônio da escola.

— Mas alguém escreveu uma coisa ruim sobre o Tom e eu estava tentando melhorar.

— Não é disso que estamos falando. Venha já comigo — disse o diretor Gonzales.

— Não é justo — disse Annie. — O Zeke estava se posicionando contra um crime de ódio.

Um grupinho começou a olhar para nós.

— Foi o Tanner Gantt que começou — eu disse. — Ele escreveu no meu armário primeiro.

O diretor Gonzales disse:

— Você pode provar isso, Sr. Marks? Você viu o Tanner escrevendo?

— Não. Mas eu sei que foi ele.

— Desculpe, mas eu preciso de provas.

Vi Tanner Gantt no corredor olhando e sorrindo. Dava para perceber que ele adorava o fato de Zeke estar encrencado.

— Venha, vamos lá, Zeke — disse o diretor Gonzales.

— O que vai fazer com ele? — perguntei.

— Estragar patrimônio da escola é motivo para suspensão.

Zeke me olhou como se estivesse prestes a chorar. Ele nunca tinha sido suspenso.

— Sinto muito, Zeke.

— Tudo bem. Eu faria de novo, Tonzão.

— Você está prendendo o cara errado! — disse Annie.

— Eu não estou *prendendo* ninguém. Vamos, Zeke.

Então Annie se virou para o Zeke:

— Não se preocupe. Muitas pessoas incríveis foram presas. Martin Luther King Jr., Henry Thoreau, Rosa Parks, Gandhi, Susan B. Anthony, Nelson Mandela.

— Ele não vai para a prisão! — disse o diretor Gonzales.

Ele começou a levar Zeke pelo corredor, enquanto o pessoal se afastava para os lados. Annie puxou o coro: "Zeke! Zeke! Zeke!"

Eu acompanhei. Outros alunos também.

"Zeke! Zeke! Zeke!"

Zeke abriu um sorrisão. Ele ergueu o punho fechado no ar. Agora todo mundo no corredor estava dizendo o seu nome — menos o Tanner Gantt.

"ZEKE! ZEKE! ZEKE!"

Às vezes as pessoas malvadas se safam e não são punidas. Não é justo, mas acontece. Desejei ter sido eu a puxar o coro. Annie é muito boa nessas coisas.

Zeke não foi suspenso, mas teve que voltar para casa naquele dia. Ele contou à mãe dele o que tinha acontecido e ela não ficou brava. Ela fez um milk-shake com uvas-passas e Zeke disse que foi o melhor milk-shake que já tinha tomado.

28.
Eu do futuro

Naquela noite, sonhei que não era um vambizomem. Que nunca tinha sido mordido pela Martha morcega, nem pelo Darcourt lobisomem nem por aquele zumbi. Eu podia sair ao sol sem ter que passar filtro solar, usar óculos escuros, chapéu e mangas compridas. Ver sangue não me deixava com sede. Eu não sentia fome o tempo todo e não tinha vontade de comer carne crua. A lua cheia não fazia nascer pelos no meu corpo e não me fazia uivar. Eu não tinha caninos afiados nem orelhas meio pontudas. Ninguém ficava me encarando. Ninguém apontava para mim. Ninguém cochichava pelas minhas costas. Eu era normal. Eu era só um garoto comum.

Aí eu acordei.

E eu ainda era um vambizomem.

° ° °

— O tema de hoje é: Meu eu do futuro — disse o professor Kessler. — O que vocês querem fazer ou ser quando crescerem? Respondam um de cada vez.

— Eu vou ser uma cantora e escrever livros — disse Annie.

Jura?

— Vou ser uma artista famosa — disse a Capri.

Eu estava contando com isso. Tinha dois desenhos dela e esperava que um dia eles valessem um dinheirão.

— No momento, estou me concentrando em algo no setor financeiro... ou bancário — Abel disse.

Eu deixaria o Abel investir meu dinheiro. E também iria à panificadora dele.

— Ainda não decidi — disse Zeke. — Talvez construir montanhas-russas ou criar videogames ou ser presidente dos Estados Unidos.

— Eu quero ser professora, como você, professor Kessler — disse a Maren Nesmith.

Que puxa-saco!

— Você queria ser professor quando tinha a nossa idade, professor Kessler? — perguntou Annie.

— Não, eu queria ser lenhador.

Que esquisito!

Tanner Gantt era o próximo. O que ele diria? Ladrão? Pistoleiro? Assassino de aluguel? O que os valentões se tornam quando ficam adultos?

— Quero ser lutador profissional — ele disse.

Aquilo fazia todo o sentido para alguém grande, forte, malvado, que gostava de erguer as pessoas e jogá-las longe. Ele provavelmente seria um bom lutador. Talvez até ficasse rico e famoso. Se isso acontecer, vou ficar *muito* bravo.

— E você, Tom? — perguntou o Sr. Kessler.

Todo mundo olhou para mim. Antes de eu virar um vambizomem, ninguém se importaria. Mas agora eu me sentia pressionado.

Pensei em todas as profissões que já quis ter quando era criança.

COISAS QUE EU QUERIA SER QUANDO CRESCESSE

- Caubói
- Bombeiro
- Condutor de carrinho de sorvete
- Cavaleiro Jedi
- Policial
- Mágico
- Fazedor de donuts
- Batman
- Astronauta
- Pessoa que nivela o gelo no ringue de patinação

Mas quem contrataria um vambizomem?

— Ainda não sei o que eu quero ser, professor Kessler — eu disse.

— Você deveria ser um espião, Tonzão — disse o Zeke.

Algumas pessoas riram, mas talvez o Zeke tivesse razão daquela vez. Talvez eu pudesse fazer isso.

— Olá, eu me chamo Tom Marks. Estou aqui para a entrevista de espião.

— Sente-se, por favor. Certo, por que você acha que seria um bom espião?

— Eu sou superforte, tenho visão noturna e uma audição impressionante. Além disso, posso hipnotizar as pessoas.

— Excelente! Mas, olha, você sabe que a atividade de espionagem é perigosa e você pode ser morto?

— Eu sei. Mas eu só posso ser morto por uma bala de prata, ou decapitado, ou com uma estaca no coração.

— Interessante. Bem, temos alguns benefícios. Você vai ganhar armas incríveis. Vai poder dirigir carros velozes e caríssimos, cheios de engenhocas maneiras. E, por último, mas não menos importante, você vai conhecer dezenas de mulheres de todo o mundo, lindas, fortes, inteligentes e independentes, que vão primeiro tentar te matar, mas depois vão acabar se apaixonando por você.

— Ah, isso parece muito... ah, espera. Acabei de me lembrar de uma coisa. Duas vezes por mês meu corpo fica coberto de pelos, em noite de lua cheia.

— Hum. Imagino que você possa tirar essas noites de folga.

— E eu também posso virar morcego e desaparecer numa nuvem de fumaça, ou vapor, ou névoa.

(Tomara que eu consiga fazer essas coisas até lá.)

— Desculpe, Sr. Marks. Estou confuso. Você é um mágico?

— Não, eu sou um vambizomem.

— Ah, então você é o vambizomem! Bem, eu sinto muito mesmo, mas não podemos contratar Vambizomens. Adeus.

— Espera um pouquinho. Minha amiga Annie me falou que isso não é permitido por lei.

— O quê? Você está falando da ministra da Suprema Corte, a Annie Delapeña Barstow?

— Sim. Ela me disse que tem uma lei federal que diz quc não se pode deixar de contratar alguém em razão de raça, gênero, religião, origem ou deficiência.

— Isso é verdade, Sr. Marks. Mas não diz nada sobre vampiros, lobisomens ou zumbis. Uma vez contratamos um vampiro. Ele eliminou diversos espiões inimigos, mas no dia seguinte eles se transformavam em espiões inimigos vampiros. Tentamos com um lobisomem, mas ele comeu o zelador, que era muito gentil e bom no trabalho. E zumbis? Esqueça. Tentar transformar em espião alguém que anda um quilômetro por hora e só diz "urgh"? Mas obrigado por ter vindo, Sr. Marks.

Eu teria que pensar em outro emprego.

29.

Vem algo estranho por aí

— Senhoras e senhores, nosso coral vai cantar na Programação de Celebração do Inverno. Será na sexta-feira, 21 de dezembro, o que significa que teremos pouco tempo para melhorar — foi o anúncio do professor Stockdale.

Eu ergui minha mão.

— Professor Stockdale, vai ser noite de lua cheia.

— E o que você quer dizer com isso, Sr. Marks?

— Eu vou virar lobisomem.

Ele foi com a sua cadeira de rodas até onde eu estava sentado.

— E qual é o problema?

— Bom, eu vou ficar com cara de lobisomem.

— Você não vai ficar com cara de lobisomem — disse Maren Nesmith. — Você vai *ser* um lobisomem.

Só a minha família, os membros da Incógnita, o prefeito, o diretor Gonzales, a Martha Livingston e o Darcourt tinham me visto como lobisomem. Alguns dos meus colegas pareciam nervosos; outros pareciam animados.

O pessoal começou a conversar.

— O Tom devia se vestir de rena, já que ele vai estar coberto de pelos.

— Ele poderia ser o abominável homem das neves se a gente pintasse o pelo dele de branco.

— Ou podemos pintá-lo de verde e ele vai virar o Grinch.

— Vamos falar sobre as fantasias mais tarde — disse o professor Stockdale. — Vamos cantar uma seleção diversa de músicas de fim de ano: Natal, Hanucá, Kwanzaa, Dia de Bodhi e o solstício, além de uma música chamada "O Inverno é Legal".

Praticamos a nossa seleção todos os dias na aula.

Enquanto cantávamos, o professor Stockdale gritava com a gente.

— Tom, pare de olhar para a Annie! Sorria, Elliot, é para ser divertido! Guarde o celular, Esperanza! Capri, pare de olhar para o Tom! Espero que você esteja coçando o seu nariz, e não cutucando, Landon! Cante mais alto, Louise!

A boa notícia foi que consegui ficar ao lado da Annie e cantar um solo na música "Feliz Navidad". A má notícia foi que todo mundo teria que se fantasiar. Eu teria que vestir uma roupa de boneco de neve. O Quente Cachorro seria um biscoito de Natal e não gostou muito disso. O Zeke seria um pião judaico de Hanucá chamado *dreidel*, e adorou a ideia. A Capri seria um floco de neve, a Annie seria um elfo, o Abel seria um soldadinho de brinquedo e a Maren Nesmith seria uma espiga de milho.

° ° °

Na noite do show, mamãe me levou à escola. A lua cheia já estava alta no céu, então eu já tinha me transformado em lobisomem. Era a sétima vez que me transformava em lobisomem, mas ainda não tinha me acostumado. Gostaria de ter feito mais perguntas para o Darcourt. Eu meio que esperava vê-lo de novo e meio que esperava nunca mais vê-lo, porque não queria que ele encontrasse *Uma educação vampírica*.

Vesti a parte de baixo da minha fantasia de boneco de neve e as luvas. Eu só colocaria a cabeça na hora do show.

— Quebre a perna — disse a mamãe quando saí do carro. Isso é o que se deve dizer para quem vai fazer um show. Não se pode dizer "boa sorte" porque alguma coisa ruim pode acontecer. Não faz nenhum sentido.

Eu acho estranho ir para a escola à noite. Parece um lugar totalmente diferente. É silencioso, porque não tem um milhão de adolescentes correndo por todos os lados. É escuro, porque poucas luzes ficam acesas, e as portas das salas de aula ficam trancadas. É como um filme de terror. Acho que todos os lugares aonde vou parecem um filme de terror, pois sou um vambizomem.

Caminhei até o auditório. Eu estava até animado para cantar, já que minha voz fica bem diferente quando viro lobisomem. Ela fica mais grave, mais rouca, mais alta e tem um som incrível. Ninguém na escola tinha ouvido minha voz assim, fora a banda.

Mas eu estava nervoso porque não sabia como as pessoas iriam reagir quando me vissem na versão lobisomem completo. Eu tinha desistido do meu plano "Tom invisível", no qual eu ficaria quietão, na minha, durante a escola, e ninguém me notaria. Ser um lobisomem meio que estragou essa ideia.

Respirei fundo, abri a porta e entrei. Zeke e Annie foram as primeiras pessoas que me viram.

— E aí, pessoal — eu disse.

— Fala, Tonzão.

— Oi, Tom.

Todos se viraram para me olhar. Eu conseguia ouvir o que eles estavam falando, mesmo quando cochichavam.

— Uau!

— Nojento.

— Dá uma olhada no cabelo.

— Maneiro.

— Uuuuuui.

— Ele parece o meu cachorro.

— É tão peludo.

— Ele é um lobisomem bem bonitinho.

— Não vou chegar nem perto dele.

— Ele parece o Chewbacca.

Algumas pessoas queriam tocar no meu pelo. Por que não? Eu faria a mesma coisa no lugar delas. Quando algumas meninas tocaram em mim, a Capri ficou olhando feio para elas. Não consigo imaginar por quê.

O professor Stockdale veio até mim e disse:

— Tom, temos um problema.

Será que ele não me deixaria participar do show por causa da minha cara de lobisomem?

— A equipe de palco se atrasou e não colocou o piano no palco. Você consegue colocar?

— Ah, sim. Claro.

Levantei o piano, o que foi moleza. Quando o coloquei no lugar, a equipe de palco chegou. Tanner Gantt estava junto.

— O que *ele* está fazendo aqui?

— Algum plano maligno — disse Zeke.

— Acho que ele está na equipe de palco — disse Quente Cachorro.

Tanner Gantt estava sorrindo, o que sempre significava que alguma coisa ruim iria acontecer.

• • •

Nos bastidores, coloquei minha fantasia de boneco de neve e o Zeke fechou o zíper nas minhas costas.

— Tudo pronto, Tonzão — quer dizer, Bonecão!

O professor Stockdale pintou meu rosto de branco para que eu ficasse mais parecido com um boneco de neve, e nós prendemos um nariz de cenoura. Tinha um milhão de pessoas se preparando — a orquestra, os cantores, os dançarinos. Todos nós esperávamos no camarim grande, assistindo ao show nos monitores antes de chegar nossa vez.

Algumas meninas dançaram um número de balé chamado "A valsa dos flocos de neve". Deveria se chamar *A dança que não acabava nunca e era superchata até que um floco de neve tropeçou e derrubou os outros flocos de neve e o floco de neve principal gritou com todo mundo.*

O pessoal do teatro fez uma cena sobre uma vitrine de Natal que ganhava vida. Foi bem engraçado. Os elfos entravam em greve no Polo Norte e Papai e Mamãe Noel tinham que fazer os brinquedos. Zeke disse que deveríamos fazer o teste para a peça da escola em março. Eu disse:

— Não, nem pensar.

Então, chegou o momento da nossa apresentação. Annie e eu estávamos um ao lado do outro no último degrau da plataforma sobre o palco. Logo antes do meu solo, ela sussurrou para mim:

— Lembre-se, sem uivar.

Eu concordei. Quando viro lobisomem, é difícil não uivar enquanto canto.

Chegamos ao solo e cantei com a minha voz *rock and roll* de lobisomem.

— Uau.

— Olha só a voz do Marks!

— Que incrível!

O público começou a aplaudir e vibrar. O professor Stockdale me mostrou um joinha. Foi muito legal.

Por, tipo, cinco segundos.

Pressenti que havia alguém parado atrás de mim. Não conseguia me virar porque estava cantando, mas senti uma mão no meu pescoço, colocando alguma coisa por dentro da fantasia. Era do tamanho de uma bola de golfe e rolou pelas minhas costas, indo parar no pé esquerdo. Senti o cheiro na hora.

Alho.

O tempero mais odiado pelos vampiros.

30.

O maior mico que alguém já pagou

Meus olhos começaram a lacrimejar, fiquei enjoado e meus músculos se contraíram. Alguém, que aposto um milhão de dólares que se chamava Tanner Gantt, tinha colocado uma cabeça de alho dentro da minha fantasia.

Como o zíper ficava nas minhas costas e eu estava usando luvas gigantes, não conseguia abri-lo para tirar o alho dali. Senti que iria desmaiar.

Eu precisava sair dali, tirar aquela fantasia e me livrar do alho.

Mas não conseguia correr por causa da roupa enorme de boneco de neve. Desci bamboleando os degraus da plataforma. Empurrei o Quente Cachorro vestido de biscoito para fora do meu caminho, derrubei Zeke, com a roupa de *dreidel* gigante, e me bati contra a Maren, vestida de milho.

O professor Stockdale me olhou com uma cara de "Eu vou te matar depois do show".

Eu tentei dizer "alho", mas minha língua estava inchada e eu não conseguia falar nada.

Tropecei na Annie e derrubei a árvore de Natal. Pulei do palco e corri na direção da plateia.

Algumas pessoas acharam que fazia parte do show e aplaudiram.

As crianças menores começaram a gritar:

— O boneco de neve vai me matar!

— Não gostei desse show!

— Tchau, geladão! Até o ano que vem!

Subi pelo corredor o mais rápido que pude e empurrei com força a porta dos fundos do auditório. Quando cheguei do lado de fora, arranquei a fantasia de boneco de neve e a joguei o mais distante que consegui. Vi que ela foi parar longe, a um campo de futebol de distância, lá do outro lado do estacionamento.

Inspirei o ar fresco, frio e limpo.

Meu pai saiu do auditório.

— Tá tudo bem, Tom?

— Sim — eu disse, recuperando o fôlego.

— O que aconteceu?

— Alguém colocou alho na minha fantasia. Tenho certeza de que foi o Tanner Gantt, mas não tenho como provar.

— Talvez a gente consiga. Eu filmei tudo — papai levantou o celular.

Isso renderia uma suspensão para o Tanner Gantt, ou talvez até uma expulsão. Poderia ser o começo do melhor Natal de todos!

Assistimos ao vídeo, mas não dava para ver quem estava atrás de mim. Estava muito escuro.

Mais uma vez, o Tanner Gantt se safara.

• • •

Eu sabia que o pessoal da escola tiraria sarro de mim pelo resto da vida por causa do que aconteceu. Eu, a Emma, a mamãe e o papai fomos juntos para casa.

— Não foi *tão* ruim — disse Emma, que, pela primeira vez na vida, estava tentando me fazer sentir melhor.

— Foi sim! — eu disse. — Foi o maior mico que alguém já pagou na vida.

— Acho que não — disse o papai. — Acho que eu ganharia o prêmio de maior mico da vida.

— O que aconteceu com você? — perguntou Emma, inclinando-se no banco do carro. Ela *adorava* ouvir histórias sobre coisas ruins que aconteciam com outras pessoas.

— Quando eu estava na terceira série, fiz o papel do Abraham Lincoln numa peça. Tinha que fazer um discurso enorme para a escola toda. Eu precisava ir ao banheiro antes de entrar no palco, mas decidi que podia esperar. Então uma das crianças esqueceu a própria fala e tivemos que começar tudo de novo. Finalmente, chegou minha vez de fazer o discurso. Estava indo tudo bem. Logo quando eu disse "O mundo mal notará e por pouco se lembrará do que aqui dizemos"... fiz xixi nas calças.

— Aí sim! — disse a Emma.

— Mas... eu não parei de fazer o discurso. "O show tem que continuar." Segui falando e, cheio de dignidade, tirei minha cartola alta e a coloquei na frente da mancha molhada das minhas calças. Terminei o discurso. As pessoas estavam chorando de tanto rir, tinha até gente caindo dos assentos. Ainda bem que não existia gravação de vídeo naquela época.

— Eu pagaria um milhão de dólares por esse vídeo — disse Emma. — Onde estão as fotos?

— Meu pai tirou uma foto — disse o papai. — Mas ela foi destruída "sem querer" em um pequeno incêndio misterioso no nosso quintal.

— E o que aconteceu depois?

— Por uns dois dias, todo mundo ficou me chamando de "Presidente Xixi", até que o diretor disse que suspenderia alguém por uma semana. Além disso, falei para os meus pais que precisávamos mudar de sobrenome e ir para outro país. Mas minha mãe me fez desistir da ideia.

— Você ganhou — disse Emma. — Maior mico do mundo.

— Ganhou mesmo — concordei. Eu me senti cinquenta por cento melhor.

Depois disso, enquanto saíamos do carro e nos dirigíamos para casa, ouvi a mamãe sussurrar para o papai.

— Isso aconteceu com você *mesmo*?

Papai apenas sorriu.

° ° °

Quando entramos em casa, Emma disse:

— Por que você não virou morcego e saiu voando para fora da roupa de boneco de neve?

Fiz uma cara feia para ela pela milésima vez.

— O quê? — mamãe quis saber.

— Tom, você consegue virar morcego? — perguntou o papai.

— Sim, ele consegue. O morcego saiu da moita — disse Emma, rindo da própria piada sem graça.

Mostrei ao papai e à mamãe que eu conseguia me transformar em morcego e fiquei voando pela sala. Eles ficaram surpresos, mas não tanto quanto demonstraram quando virei lobisomem pela primeira vez. Acho que já se acostumaram com o filho que faz coisas estranhas.

Mesmo assim, deve ser esquisito ver o próprio filho virar morcego.

Mamãe disse que eu era um morcego "fofinho", o que eu já sabia que ela iria dizer. Papai começou a cantar uma música de um filme antigo do Batman, até que a mamãe o mandou parar. Eles me falaram para tomar cuidado quando voasse para fora. E eu nem contei sobre aquela vez que uma coruja quase me pegou.

— Como é voar? — perguntou papai.

— É muito maneiro!

— Nossa, Tom! — mamãe se animou.

— O quê?

— Você pode colocar as luzes de Natal lá em cima!

A mamãe gosta de colocar um milhão de luzinhas de Natal na nossa casa todo ano. É o papai que geralmente pendura as luzes. Ele leva um tempão, quase sempre cai da escada, xinga muito e diz que vai contratar alguém para fazer aquilo no ano seguinte, mas nunca contrata.

Agora *eu* teria que pendurar.

Na noite seguinte, mamãe me fez virar morcego e voar até o telhado com o cordão de luzes nos meus pés. Eu tive que pendurá-lo na calha e ligá-lo na tomada. Demorei uma eternidade porque não estou acostumado a segurar coisas com as minhas garras (ou patas, ou sei lá. Ainda preciso procurar o nome dessas coisas).

Emma saiu e riu da minha cara.

— Vai lá, menino batman!

Papai veio depois e cochichou no meu ouvido:

— Estou tão feliz por não ter mais que fazer isso! Te devo essa! Este vai ser um Natal incrível!

Talvez para ele. Para mim, seria um Natal do qual eu nunca esqueceria.

31.

Férias n.º 1

As férias de final de ano são as melhores. O Natal fica em primeiro lugar na minha lista de feriados preferidos. Um tempão sem escola e ainda ganhamos presentes. Eu torci para que nenhum dos professores passasse dever de casa nas férias, mas eles passaram.

Decidi fazer tudo no primeiro dia de férias e me livrar de uma vez. Minha família estava na cozinha, terminando o café da manhã, e eu me dirigia à sala de jantar para começar minhas tarefas, quando mamãe falou:

— Emma, Tom, não se esqueçam de me dar suas listas de Natal.

— A minha lista é simples — disse Emma. — Só quero um carro.

Mamãe e papai reviraram os olhos.

— Ajudaria todo mundo. Eu poderia fazer tarefas para vocês, levar o Tom aos lugares em que ele precisa ir, visitar a vovó, levar remédios para os velhinhos doentes e distribuir comida aos pobres e necessitados — disse Emma.

Ela não faria *nenhuma* dessas coisas.

Papai olhou Emma com uma cara séria e segurou sua mão, o que geralmente queria dizer que ele faria uma piada.

— Mas, Emma, como o Papai Noel conseguiria fazer um carro passar pela chaminé?

Ele disse a mesma coisa quando ela tinha dez anos e pediu um cavalo.

— Ele pode deixar as chaves debaixo da árvore e o carro lá fora — ela respondeu.

— Ah, minha filhinha querida e tão iludida, você vai ficar tão decepcionada na manhã de Natal...

Emma sempre pede umas coisas ridículas que acaba não ganhando nunca. Já era de imaginar que ela teria aprendido a lição.

— Tá bom! — ela disse. — Se você não pode me dar um carro, aceito uma passagem de ida e volta para Paris, duas semanas em um hotel cinco-estrelas e um monte de dinheiro para gastar lá.

— Mas isso é o que *eu* quero! — disse mamãe, olhando para o papai.

Ele sorriu e segurou a mão da mamãe:

— Minha esposa querida e tão iludida, você também vai ficar bem decepcionada na manhã de Natal.

A mamãe fingiu ficar brava.

— Eu sabia que deveria ter me casado com o Geoffrey Bucklezerg Kane.

Foi estranho quando ela falou isso. Ele era aquele bilionário que tinha oferecido um milhão de dólares a quem aparecesse com uma cópia de *Uma educação vampírica*.

Mas eu tinha coisas mais importantes para pensar. Como a minha lista de Natal.

LISTA DE NATAL DO TOM MARKS

1. *Dinheiro (eu nunca ganhava, porque a mamãe sempre dizia: "Nada de dinheiro no Natal! Só presentes!", mas não custava nada continuar tentando).*

2. *Vale-presentes (não são exatamente dinheiro, mas são legais, a não ser que sejam de algum lugar como a Loja da Diversão, que não tem nada de divertido. Minha mãe conhece o dono, então gosta de ir lá).*
3. *Um skate cruiser.*
4. *O videogame Z-Play Cube (o meu videogame de agora é mais velho do que o celular da Emma).*
5. *IMPORTANTE!!! Nada de meia, cueca, camiseta, calça, cinto, suéter ou qualquer tipo de roupa, com exceção de uma camiseta de rock and roll — e que seja de manga longa, porque sou um terço vampiro e a luz do sol pode me matar.*
6. *O jogo de videogame Coelhos ao ataque! - A vingança de Randee.*
7. *Um álbum do King Moe (a banda que aparece no pôster no quarto do Tanner Gantt. Ouvi uma música deles e era muito boa).*

Depois que papai saiu para trabalhar, mamãe levou Emma até a sala de estar, onde eu estava lendo. O professor Kessler nos mandou escolher um livro durante as férias. Tinha que ter alguma coisa a ver com a época, o fim de ano. O livro mais curto que encontrei foi *Uma memória de Natal*, de um cara chamado Truman Capote. Só tinha 73 páginas. Zeke estava lendo *Um Natal do Charlie Brown*, que só tinha 48 páginas, mas acho que o professor Kessler não aprovaria, por ser um livro para crianças pequenas.

Mamãe estava dizendo:

— Emma, quero que você vá até o shopping e compre aquele celular novo que acabou de ser lançado.

— Ai, que maravilha! — disse Emma. — Finalmente!

— Não é para você — falou mamãe. — É para o seu pai. Você já tem um celular.

— Mas o meu celular tem uns cem anos!

— Tem dois anos.

— É quase uma relíquia. Sempre que uso meu celular, meus amigos tiram sarro de mim.

— Então você precisa de novos amigos.

— Não quero ir ao shopping agora — resmungou.

— Emma, você adora ir ao shopping. Faça as suas compras de Natal.

— Tá bom — ela suspirou. — Vou ligar agora mesmo para o Lucas, do meu celular velho, acabado, ultrapassado, triste e patético. Espero que ainda funcione.

— Emma, posso ir com você? — perguntei. — Preciso fazer minhas compras de Natal.

— Não.

— Por que não?

— Por que eu sempre tenho que dar um motivo?

— Leve o seu irmão ao shopping — disse mamãe. — Tom, você quer que eu faça uma vitamina de fígado cru antes de você sair?

Emma fez aquele som de "vou vomitar".

Vitamina de fígado cru era uma das formas que eu tinha para consumir sangue. Eu sei que parece meio nojento, mas você entenderia se fosse um vampiro.

— Não, mãe, obrigado. Não precisa.

Que arrependimento por ter dito aquilo.

° ° °

Eu, Emma e o Garoto Cenoura entramos no shopping pela praça de alimentação, o que sempre é uma besteira se você é um vambizomem. Assim que entrei, senti o cheiro de cachorro-quente, frango frito, pizza de pepperoni, bolinhos, tacos, comida chinesa, sanduíche de pastrami, hambúrguer e rosquinhas de canela. Eu conseguia sentir até o cheiro de sushi. Eu queria comer tudo.

— Eu preciso comer alguma coisa, Emma.

— Não. A gente vai comprar a porcaria do telefone do papai. Depois você come.

Eu concordei com ela.

Por que eu fazia isso?

O shopping estava cheio de gente. Era um pouco antes do Natal, então eu sabia que estaria cheio. Tinha uma fila gigante de mais ou menos um milhão de pessoas esperando para comprar o telefone novo.

— Tom, entre na fila para esperar a porcaria do telefone do papai — disse Emma.

— Você que entre na fila. A mamãe disse para *você* comprar.

— Eu tenho coisas importantes para fazer.

— Tipo o quê, bebê? — perguntou o Garoto Cenoura.

— Preciso comprar maquiagem e creme hidratante, e dar uma olhada na liquidação da loja da Hanna. Vamos lá, bebê.

Esse era o apelido que eles usavam um com o outro. Eu quase vomitava cada vez que os ouvia.

A fila para comprar o telefone estava tão grande que saía do shopping e chegava ao estacionamento. Estava frio, então as pessoas na fila vestiam jaqueta, chapéu, cachecol e luvas. Eu estava usando só uma camiseta e meu moletom de capuz. O frio não me incomodava mais.

— Você não está congelando, rapazinho? — perguntou um homem vestido como se estivesse em uma expedição na Antártica.

— Não, estou bem.

— Você vai pegar uma gripe.

— Eu tenho um problema bem raro que me mantém sempre quente — eu disse. Não queria contar que eu era um vambizomem.

— Que problema é esse?

Agora eu teria que inventar um nome.

— É... sanguequentite.

Ele acenou com a cabeça e apontou para alguma coisa. Então disse:

— Falando em sangue...

Olhei para o enorme ônibus vermelho e azul estacionado ali perto, com um cartaz na lateral:

DOE O MELHOR PRESENTE DE TODOS: SANGUE.

Era um ônibus de doação de sangue.

32.

Sede

O ônibus estava cheio de sangue fresco, quente e delicioso. Eu quase conseguia sentir o gosto. Comecei a ficar com água na boca.

Por que não tomei a vitamina de fígado antes de sair de casa? Tinha que deixar a fila e ficar longe daquele ônibus. Mas, se eu perdesse a vez, não conseguiria comprar o celular. Mamãe me mataria. Liguei para Emma e ela não atendeu, então mandei uma mensagem.

"Emergência! Você precisa entrar na fila no meu lugar."

"Não."

"Por quê?"

"Estou ocupada."

"Fazendo o quê?"

"Experimentando uma calça jeans."

"Tem um ônibus de doação de sangue estacionado do meu lado."

"E daí?"

"Eu sou um terço vampiro."

"E daí?"

"Eu bebo sangue!"

"Aff."

"EU PRECISO FICAR LONGE DESSE SANGUE TODO."

"Você é um mala."

"VENHA. AGORA. MESMO!"

O Garoto Cenoura e a Emma enfim chegaram, carregando três sacolas de compras. Eles pegaram o meu lugar e eu fui correndo para a praça de alimentação, em um lugar chamado Sanduicheria do Gluck.

— Vocês têm fígado? — perguntei para uma senhora de cabelo vermelho e óculos grossos, atrás do balcão.

— Se temos fígado? Claro que temos fígado. A nossa especialidade é um sanduíche de picadinho de fígado. É delicioso. Que tipo de pão você quer?

— Sem pão. Eu só quero um pouco de fígado cru.

— Fígado cru? Você quer fígado cru? Isso é uma piada?

— Não. E você poderia bater no liquidificador com um pouco de água? Para ficar tipo uma vitamina?

— Vitamina de fígado cru? Isso não tem graça, meu jovem. Você acha que eu estou rindo?

— Não é piada! Eu juro! É... é para a minha bisavó. Ela tem cem anos, não tem dentes e adora fígado, então dou vitamina de fígado para ela.

A moça de cabelo vermelho cruzou as mãos em frente ao peito e parecia querer chorar.

— Que bom menino você é. Meu neto deveria ser bonzinho assim comigo. Pode deixar que vou fazer uma vitamina de fígado especial para a sua bisa.

Ela fez a vitamina e me deu um abraço. Saí correndo da praça de alimentação, fui até um canto para que ela não me visse e tomei tudo em um só gole.

Ahhhh.

∘ ∘ ∘

Voltei até a loja de celular e já não tinha mais fila. Só a Emma e o Garoto Cenoura em um banco do lado de fora.

— O que aconteceu, Emma?

— Acabou a porcaria do celular do papai!

O Garoto Cenoura tirou os olhos do celular e olhou para cima.

— Olha, encontrei um na outra loja de celular, aquela perto da minha casa. Eles deixaram reservado para você.

— Obrigada, bebê, você é o melhor! — disse Emma. — Certo, vamos lá comprar, mas antes precisamos ver o Papai Noel.

— Boa ideia — disse o Garoto Cenoura.

— O quê? Você quer ver o Papai Noel? — eu disse.

— Sim. Eu preciso tirar uma foto. A Claire Devi tirou. Olha aqui.

Ela nos mostrou o celular com a foto da Claire sentada no colo do Papai Noel, fazendo pose de modelo. A Emma faz tudo o que a Claire Devi faz.

— Encontro vocês lá — eu disse. — Vou à livraria comprar um presente.

— Para a sua namorada? — Emma perguntou.

— Não!

• • •

Eu tinha decidido dar um presente a Annie naquele ano. Eu ia comprar um livro, por mais que ela já tivesse lido praticamente todos os livros do mundo. Na livraria, encontrei uma prateleira com um cartaz que dizia NOSSOS LIVROS PARA JOVENS ADULTOS MAIS VENDIDOS COM 50% DE DESCONTO!

Olhei para as capas e li a parte de trás de cada um. Eram todos sobre adolescentes que ficavam doentes ou morriam de alguma doença terrível; ou então um irmão, ou irmã, ou melhor amigo morria; ou o bichinho de estimação morria; ou então acontecia uma guerra e um monte de gente morria; ou era a história de uma epidemia; ou vivia-se em um mundo de fantasia com guerras e doenças em que mais gente morria.

Fiquei deprimido só de ler os resumos.

O livro menos deprimente se chamava *Morremos de paixão*. Era sobre dois adolescentes doentes (claro) que morreram (como sempre) logo antes de saírem juntos pela primeira vez. Mas aí eles começaram a namorar como fantasmas e passaram a ajudar outros adolescentes a se apaixonar e a resolver mistérios. Comprei esse livro e torci para que Annie não o tivesse lido. O cara da loja disse que tinha acabado de ser lançado, então provavelmente ela ainda não conhecia.

— Você quer um cupom para embalar o livro para presente sem custo ali no quiosque do shopping? — ele perguntou.

Eu sou o pior embalador de presentes do mundo. Sempre uso muita fita adesiva e muito papel. Queria que ficasse bonito, então fui ao quiosque que fazia pacotes de presente. A moça estava vestida de Mamãe Noel, de chapéu com um sino, de minissaia vermelha e botas pretas. Ela olhou para mim e sorriu:

— Olha! É o menino vambizomem!

Era a mãe do Tanner Gantt. Eu não a via desde que ela tinha tentado me matar com um taco de beisebol. Ela se virou para a dona do presente que tinha acabado de embalar.

— Ele é um dos melhores amigos do meu filho.

Aquilo era uma grande mentira.

— Oi, Sra. Gantt — eu disse.

— Querido, por favor, não me chame de senhora. Meu nome é Brandi!

— Você pode embalar isso aqui para mim?

— Mas é claro! — ela disse, pegando o livro das minhas mãos. — É para a sua namorada, meu bem?

Ela não tinha nada a ver com isso.

— Não. Ela é só minha amiga.

— Não sei não. O livro se chama *Morremos de paixão*. Parece bem romântico.

Eu dei de ombros. Ela continuou falando enquanto embalava.

— O Tanner tem uma namorada. O nome dela é Alana Candelora. Ela é da escola de vocês. Linda. Ele me mostrou uma foto. Acho que ela é modelo. Com certeza você a conhece.

Alana Candelora? Nunca tinha ouvido falar de ninguém com esse nome.

— Não, não conheço — eu disse.

— Tem certeza? Eu ainda não conheci a garota. Ela é líder de torcida. Eu era líder de torcida também; conseguia fazer as aberturas, pular bem alto e tudo o mais. Certo. Prontinho!

Ela me entregou o livro embalado. Estava bem bonito.

— Obrigado, Sra... quer dizer, Brandi.

— De nada. Olha, por que você não vai lá em casa algum dia ver TV, jogar videogame. Nós temos um cachorro.

Sim. Eu sei. Ele tentou me comer uma vez.

— O Tanner adoraria se divertir com você — ela concluiu.

É tão estranho ver que alguns pais não têm nem ideia de como são os filhos.

Depois de sair da loja, procurei por Alana Candelora no aplicativo da escola. Não tinha ninguém com esse nome na lista de alunos. Consultei as redes sociais. Nada.

33.

O gordão com uma enorme barba branca

Emma e o Garoto Cenoura ainda esperavam para tirar foto com Papai Noel, então fui sentar em um banco. Tinha muitas famílias. A maioria das crianças parecia bem animada. Os bebês não sabiam o que estava acontecendo. Tinha uma elfa muito legal que levava as crianças até o Papai Noel, sentado em uma cadeira enorme, e um cara emburrado vestido de elfo tirando as fotos.

Algumas das crianças pareciam assustadas. Dava para entender por quê. O Papai Noel é um cara gigante com botas pretas pesadas, uma barba enorme e um nariz vermelho. Ele fica gritando "Ho! Ho! Ho!".

Na frente da Emma e do Garoto Cenoura, tinha uma menininha que parecia apavorada. Eu podia ouvi-la sussurrar para a mãe.

— Mamãe, eu não quero ver o Papai Noel.

— Mas, meu amor, o Papai Noel precisa saber o que você quer de Natal.

— Você pode dizer para ele.

— Não, é *você* que precisa dizer para ele, Phoebe.

— Mas eu disse. Eu mandei uma carta.

— Mas nós também precisamos de uma foto com o Papai Noel.

— Não precisamos, não. A gente já sabe como ele é.

A Phoebe tinha razão. Se eu fosse um dos pais dela, teria dito "Tudo bem, vamos embora". Quando uma criança tem medo do Papai Noel, ninguém deve obrigá-la a falar com ele. Eu entendia como a garotinha se sentia. Emma costumava cantar uma música sobre o Papai Noel que dizia que ele ficava nos vendo dormir e sabia quando estávamos acordados; ela usava uma voz medonha e assustadora. Quando eu era criança, aquilo me *apavorava*. O Papai Noel me observava 24 horas por dia? Ele via *tudo* o que eu fazia? Fui perguntar sobre isso ao papai e à mamãe, e a Emma se encrencou FEIO.

A Phoebe começou a me olhar. Ela puxou a manga da blusa da mãe e apontou.

— Mamãe, olha, é o menino vampi-lobo-zumbi que a gente viu na TV.

Logo quando me transformei em vambizomem, fizeram uma reunião na escola e eu apareci na TV. A Phoebe deve ter visto.

— Sim, é ele, meu amor — disse a mãe. — Não aponte, é falta de educação.

— Mamãe, quero que o menino vampi-lobo-zumbi vá comigo ver o Papai Noel. Ele pode me proteger.

O quê? Por que ela tinha medo do Papai Noel e não de mim? Eu sou um monstro. Na verdade, sou *três* monstros. As crianças são esquisitas. Às vezes elas gostam de monstros. A mãe dela acenou me chamando para ir até elas, e lá fui eu. Ela perguntou se eu poderia ir com a Phoebe ver o Papai Noel, e eu disse que poderia.

O Garoto Cenoura fez um joinha para mim. A Emma estava muito ocupada se enchendo de maquiagem e nem viu nada.

— Se o Papai Noel me pegar, você pode bater nele — disse a Phoebe.

— Ele não vai te pegar, ele gosta de você — eu disse.

— Minha irmã mais velha disse que às vezes o Papai Noel pega as crianças.

A irmã dela devia ser parecida com a Emma.

— A sua irmã está errada.

Fomos lá ver o Papai Noel. A elfa legal olhou para o Papai Noel e mexeu na própria orelha. Ele acenou com a cabeça. Devia ser um código para "Aí vem uma criancinha assustada".

— Olá — disse ele. — Como é seu nome?

— Phoebe Amberson Welles — ela respondeu.

— É um nome muito bonito. Você gostaria de se sentar no meu colo?

Ela fez que não com a cabeça.

— Não tem problema. O que você quer ganhar de Natal neste ano, Phoebe?

A menina falou que queria um cavalinho de brinquedo. O Papai Noel olhou para a mãe da Phoebe, que concordou.

— Vou tentar fazer esse brinquedo para você — ele disse.

O elfo emburrado estava pronto para tirar a foto. Phoebe apontou o dedo para o Papai Noel.

— Se você tentar me machucar, o vampi-lobo-zumbi vai te pegar.

O Papai Noel pareceu confuso. A elfa legal parecia empolgada e o elfo emburrado tirou a foto. Phoebe me agradeceu e foi embora com a mãe, e eu estava saindo também quando a elfa legal me segurou pelo braço.

— Papai Noel, este é o menino vambizomem de que estávamos falando... lá no Polo Norte!

O Papai Noel arregalou os olhos por detrás dos óculos. Ele se afastou de mim, indo para trás na cadeira. Pareceu engolir em seco. Será que estava com medo?

— Hum... o Papai Noel precisa ir alimentar as renas agora — disse ele.

— Mas nós acabamos de alimentar as renas, Papai Noel — disse a elfa legal.

Dava para perceber, pelo jeito que eles falavam, que *alimentar as renas* era um código para "eu preciso de um tempo" ou "preciso sair daqui" ou "preciso ir ao banheiro" ou "essa criança fez xixi em mim, preciso trocar de calça" ou, neste caso, "não quero falar com um vambizomem".

Acho que Papai Noel estava com medo de mim.

— Temos que tirar uma foto! — disse a elfa legal. — Aqui! Sente-se no colo do Papai Noel!

Ela me empurrou para o colo do Papai Noel, que era o último lugar do mundo em que eu queria estar. Dava para ver que o Papai Noel também não estava muito a fim. A elfa legal se inclinou na minha direção para caber na foto.

— Você não vai me ver nesta foto — eu expliquei pela milésima vez. — Os vampiros não aparecem em fotos, nem nas câmeras digitais.

— Digam "pinheirinho" — disse o elfo emburrado, e então começou a tirar fotos.

Emma estava ficando impaciente.

— Ele está dizendo a verdade. Ele não vai aparecer. Agora é minha vez.

Eles não nos ouviram. Então, lá estava eu, no meio do shopping, sentado no colo do Papai Noel. E quem passou por ali?

Tanner Gantt.

Quando ele me viu, parecia alguém que tinha acabado de ganhar na loteria.

— Olha só! — ele gritou. — O Tommy Marks foi sentar no colo do Papai Noel! Que bonitinho! O que você vai pedir? Uma boneca nova? Um trenzinho de brinquedo?

Saí pulando do colo do Papai Noel, que parecia feliz por eu ter ido embora.

— Ei, não consigo ver o menino vambizomem na foto — disse o elfo emburrado, olhando para a tela da câmera. — Está tudo borrado.

— Eu falei! — disse Emma.

Enquanto isso, tive que passar ao lado do Tanner Gantt, que continuava rindo.

— É tão fofo, Marks! Espero que você tenha sido um bom menino, aí todos os seus sonhos de Natal vão se realizar!

Eu só estava querendo ir embora. Mas, em vez disso, me virei e disse:

— Como está a Alana Candelora?

— O quê? — ele pareceu surpreso.

— Alana Candelora. A sua namorada.

Ele se fez de desentendido.

— Do que... do que você está falando?

— Alana. A líder de torcida bonitona da nossa escola. Sua mãe me contou sobre ela.

Vi que ele segurava uma sacola de uma loja chamada Coisinhas Bonitas.

— É um presente de Natal para ela? Espera. Esqueci. Ela não existe; é a namorada imaginária que você inventou.

— Não sei do que você está falando — Tanner ficou vermelho.

Ele virou as costas e foi embora.

° ° °

Sentada no colo do Papai Noel, Emma fazia uma pose igual à da Claire Devi. Ela abraçava o Papai Noel e fazia beicinho, jogando o cabelo para o lado e expressando cara de tonta. O elfo emburrado estava ficando bravo.

— Mocinha, isso aqui não é um ensaio de moda! Tem mais gente esperando para tirar foto!

Emma, por fim, saiu do colo do Papai Noel. Ela e o Garoto Cenoura foram até o banco onde eu estava sentado.

— Tenho que ir ao banheiro — anunciou Emma. — Volto rapidinho.

Minha irmã demorava a *vida inteira* no banheiro. Não sei o que ela ficava fazendo lá. Dessa vez, ela devia estar postando as fotos que tinha tirado com o Papai Noel. Eu e o Garoto Cenoura começamos a conversar um pouco e aí ele olhou para o outro lado e perguntou:

— Quem é aquele ali com a Emma?

Ela vinha em nossa direção com um garoto mais velho, que usava calça de corrida e moletom de capuz. Ele parecia ter uns dezoito anos. Um daqueles bonitões que se dão bem em qualquer esporte. Ele falava e sorria, e a Emma só ria, como se aquele fosse o cara mais engraçado do planeta. O Garoto Cenoura ficou com uma cara bem estranha.

— Sei lá — eu disse.

Emma e o Sr. Bonitão vieram até nós. Ela não deu um beijo no Garoto Cenoura, como costumava fazer quando ficavam mais de cinco minutos sem se ver.

— Vocês não vão acreditar — ela disse. — Deixei meu celular cair do lado de fora do banheiro feminino e esse querido aqui encontrou e me devolveu. Não é incrível?

Dava para ver que o Garoto Cenoura não achava nada incrível. Emma apontou para ele.

— Esse é o meu amigo, o Lucas.

Amigo?

Farejei o ar. Tinha um cheiro familiar.

— E esse é o meu irmão, o Tom — ela se virou para o Sr. Bonitão. — E esse é o... ah, desculpa. Eu nem sei o seu nome.

O cara deu um daqueles sorrisos perfeitos de galã de cinema.

— Sem problemas. O meu nome é Darcourt.

34.

Vira lobo

Emma conversava com um lobisomem e não sabia. Eu não tinha reconhecido o Darcourt, pois só o conhecia como lobo.

Ele se virou para mim.

— E aí, vambizomem, como vão as coisas?

— Vão... bem — eu disse com receio.

— O quê? Vocês se conhecem?

— Sim — Darcourt disse. — Eu e o Tom nos conhecemos faz mais ou menos um mês. Perto da casa da sua avó.

— O que você está fazendo aqui? — perguntei, mesmo sabendo a resposta. Ele queria ver o livro *Uma educação vampírica.*

— Tem uma pessoa que tem uma coisa muito especial que quer me mostrar — ele falou.

— Você mora aqui perto? — perguntou o Garoto Cenoura, que não parecia muito feliz por ver Emma praticamente babando pelo Darcourt.

— Não, só estou de passagem.

O Garoto Cenoura pareceu um pouco menos infeliz.

— Posso falar a sós com você um minutinho? — perguntei.

— Claro — disse Darcourt. Ele se virou para Emma e falou: — Não saia daqui. Volto já.

Ela deu uma risadinha e disse:

— Não vou a lugar nenhum.

O Garoto Cenoura fez um barulho que parecia um rosnado.

Eu e Darcourt andamos até os bebedouros.

— Bom te ver — ele disse.

— Como é que você me encontrou?

— Não é difícil achar alguém quando você vai atrás — ele forçou um sorriso. — E eu lembrava do seu cheiro. Esse cheiro de vambizomem é único. Então, que tal irmos lá na sua casa para eu dar uma olhada naquele livro de vampiro?

Eu não podia mostrar a ele. Precisava pensar rápido e bolar alguma coisa boa.

— Hum, na verdade, não estou mais com o livro.

— Por que não? — ele ficou sério.

— Devolvi para a Martha há algumas semanas. Ela queria de volta.

— Você aprendeu tudo? Já sabe como virar fumaça e tudo o mais?

— Aprendi, sim — eu menti. Fui bem convincente. Talvez porque morasse com a Emma, a rainha dos mentirosos, e conhecesse as mentiras dela fazia quase doze anos.

— Parabéns. Quero ver você virando fumaça.

— Ah, aqui não. As pessoas vão achar que é um incêndio.

— Bem pensado. Mas por que a Martha quis o livro de volta?

— Ela vai vender. — Por que eu disse isso?

— Sério? Vender aquele livro é contra o código dos vampiros.

— Ela vai vender para juntar uma grana... para ajudar uma instituição carente.

— Que instituição?

POR QUE ELE FAZIA TANTAS PERGUNTAS?

— Ela vai... vai abrir um orfanato para bebês vampiros.

Eu não conseguia acreditar que tinha dito aquilo. Parecia uma coisa que o Zeke diria.

Darcourt me olhou, como que decidindo se acreditava em mim ou não.

— Típico da Martha. Ela vai fazer um leilão? Vender na internet?

Darcourt conseguiria descobrir se aquilo era verdade.

— Não. Aquele bilionário famoso, o Geoffrey Bucklezerg Kane... é ele que vai comprar.

— Ela já vendeu para ele?

— Não sei. Talvez.

— Bom saber — Darcourt balançou a cabeça.

Ufa. Ele acreditou.

— Preciso voltar lá com a minha irmã. Temos que ir para casa.

Fomos até onde estavam Emma e o Garoto Cenoura. Darcourt disse:

— Lucas, Emma, foi um prazer conhecer vocês. Preciso ir.

— Mas já? Sério? — disse Emma, como se ele tivesse acabado de dizer que tinham cancelado o Natal.

— Que pena — disse o Garoto Cenoura, com um sorriso enorme.

Darcourt se virou para mim.

— Até mais, Tom. Com certeza nos vemos logo.

° ° °

Emma e o Garoto Cenoura brigaram por causa do Darcourt, mas durou só dez minutos. Eles fizeram as pazes no caminho até a loja de celulares e inventaram novos apelidos um para o outro. Uns apelidos tão horríveis que nem me atrevo a contar. Compramos o celular do papai e fomos para casa. Eu já estava esfomeado de novo.

— Vocês compraram? — a mamãe perguntou assim que entramos em casa.

— Sim... comprei — disse Emma, fazendo voz de cansada ao se jogar no sofá. — Foi um pesadelo. Esperei horas na fila. Aí, o estoque acabou. Fomos até outro lugar e finalmente conseguimos achar um. Foi um sacrifício terrível, cansativo e doloroso.

A mamãe revirou os olhos. Ela já sabia.

— Obrigada, Emma. Obrigada, Tom.

Jurei nunca mais fazer compras com a Emma.

Enquanto isso, uma noite horrível esperava por mim.

35.

Votos de feliz matança

Como de costume, a vovó foi à nossa casa na manhã da véspera de Natal.

— Como está meu vambizomem preferido? — disse ela, me dando um abraço.

Eu já tinha contado que conseguia me transformar em morcego e voar, então ela não ficou tão chocada quando mostrei minha proeza na sala de casa. Quando parei de voar e voltei a ser eu, ela disse:

— Bom... se alguém me dissesse que um dia eu veria meu neto se transformar em morcego, eu teria dito: "Cai fora!"

Mamãe fez um tender inteiro só para mim no jantar. Depois de lavarmos as louças, ela fez um daqueles seus anúncios.

— Nesta noite de Natal, vamos fazer uma coisa diferente.

Eu e Emma resmungamos.

O Garoto Cenoura, que agora ficava o tempo todo lá em casa, foi o único que se animou.

— O que vamos fazer, Sra. Marks?

— Vamos sair e cantar músicas de Natal!

— Divirtam-se. Eu vou ficar aqui neste sofá — disse Emma.

— Vamos lá, Emma-bemma-lemma, vai ser divertido — disse o Garoto Cenoura.

Esse era o pior apelido de todos. Pior ainda do que aquele que não contei para ninguém.

— Não, não vai — disse Emma. — Por que não podemos só ficar em casa e assistir a um filme de Natal? Não é para isso que serve o Natal?

— Não — disse a vovó.

— Bom, eu é que não vou — Emma resmungou.

O papai se levantou e disse:

— Como você quiser. Mas fique sabendo que, se você não sair para cantar com a gente, não vai ter nenhum presente debaixo da árvore para você na manhã de Natal. E o seu saco de presentes não vai ter nada além de um pedaço de carvão. E você não vai ganhar carne assada, nem pudim, nem purê... E os anjos vão chorar por você.

Eu, mamãe e vovó rimos. A Emma não riu. O Garoto Cenoura ficou com cara de preocupação. Ele deve ter achado que o papai estava falando sério.

— Mas eu não sei as letras dessas porcarias de músicas — Emma choramingou.

— E foi por isso que imprimi todas elas — disse mamãe, entregando folhas de papel grampeadas para nós.

Todos nós fomos cantar músicas de Natal.

° ° °

A primeira casa em que paramos foi a do professor Beiersdorfer, o cientista aposentado que mora do outro lado da rua. Eu e Zeke costumávamos ter medo dele — quando achávamos que ele nos transformaria em robôs —, mas agora não tínhamos mais.

Quando ele abriu a porta, já estava de roupão, pijama e pantufa, apesar de ainda ser sete e meia da noite. Os velhos são assim, vai entender.

— Ah, um corrrral de Natal — ele disse. — Que marrrravilha!

— Que música de Natal o senhor gostaria de ouvir, professor Beiersdorfer? — perguntou mamãe.

— Vocês podem cantar "Pinheirrrrinho de Natal"? É a minha prrrreferrrrida. Minha *Mama* e meu *Papa* cantavam parrra mim quando eu errra crrrriança, há muito tempo, em Viena — falou ele.

Todos começamos a cantar, menos a Emma, até que a mamãe deu uma cotovelada nela.

— Ó pinheirinho, ó pinheirinho.

O professor começou a cantar junto em alemão.

— *O Tannenbaum, o Tannenbaum.*

Tudo estava tranquilo até a hora em que ele começou a chorar. Aí os olhos da mamãe se encheram de lágrimas. Os da vovó e do papai também. E os do Garoto Cenoura. Todo mundo, fora eu e Emma, cantava e chorava ao mesmo tempo. Não estava muito bonito. Eu e Emma nos olhamos, reviramos os olhos e continuamos cantando. Estávamos quase acabando quando o professor fez uma cara bem esquisita.

A mamãe parou de cantar (e de chorar) e disse:

— Está tudo bem, professor?

Ele abriu a boca, mas não disse nada. Seu rosto ficou branco, ele colocou as duas mãos no peito e caiu ali mesmo, na porta da casa dele.

Será que nós éramos Os Matadores de Natal?

36.

O homem de cem anos

Mamãe ligou para a emergência e uma ambulância levou o professor ao hospital. Papai foi junto com ele. Eu sempre quis andar de ambulância e furar os sinais vermelhos, mas não pedi para ir. Nós entramos no carro e fomos para o hospital. Emma não queria ir, mas mamãe falou que ela não tinha escolha.

Por sorte, o professor estava bem. O médico disse que ele teve um pequeno ataque cardíaco ao se esquecer de tomar um remédio. Ele poderia ir para casa no dia seguinte. Quando fomos visitá-lo no quarto, ele nos agradeceu, apesar de termos sido meio que responsáveis por sua estada ali.

Quando estávamos seguindo para o elevador para ir para casa, mamãe parou, segurou no braço do papai e disse:

— Tive uma ótima ideia!

— Não, não teve — a Emma disse. — Nós vamos para casa dormir e tentar salvar este Natal estragado.

— Deveríamos cantar para alguns dos pacientes aqui do hospital — mamãe disse. — Imaginem como eles iriam gostar!

Emma teve um chilique.

— Mãe, isso aqui não é um musical. E nós não somos uma família de cantores.

— Vou perguntar para a enfermeira se podemos — disse a vovó.

— Vocês esqueceram que nós quase *matamos* uma pessoa com a nossa cantoria? — Emma perguntou.

— Tem alguém aqui que não tem espírito natalino — disse o papai.

— Não tenho mesmo — Emma reclamou.

Vovó voltou e disse que a enfermeira tinha autorizado.

Entramos no primeiro quarto e cantamos para um homem que parecia ter cem anos. Emma ficou emburrada até que o homem olhou para ela e disse:

— Você é a menina mais bonita que já vi na minha vida. Você parece um anjinho.

Aí, claro, ela passou a amar o senhor. Ela nos fez cantar duas músicas.

Uma enfermeira entrou durante o meu solo de "Noite Feliz", o que me irritou. Ela poderia ter me esperado terminar, mas não parava de conferir as máquinas conectadas ao homem de cem anos.

— Continuem cantando, está tão bonito! Finjam que nem estou aqui — ela disse, enquanto pegava um frasco de plástico e uma agulha para tirar sangue do paciente. Eu queria dizer: "*Por favor, não faça isso, eu sou um terço vampiro*". Ela pegou outro frasco e tirou *ainda mais* sangue. E depois mais um. O homem de cem anos não devia ter muito mais sangue no corpo. Foi tão péssimo quanto no dia do ônibus de doação de sangue. Parecia que o sangue nos frascos estava dizendo: "*Me beba! Me beba!*"

— Preciso ir! — eu disse, correndo até a porta. — Encontro vocês no carro!

— O que aconteceu? — perguntou mamãe.

— Eu sou vampiro — refresquei a memória dela. — Sangue!

— Ah, é verdade! Desculpe, esqueci!

Como se pode esquecer que seu filho é um vambizomem?

Ouvi minha família cantando enquanto eu caminhava pelo corredor. Emma me substituiu no solo, o que também me irritou, porque ela não canta muito bem. Entrei no elevador e fui acompanhado por outra enfermeira com uma bandeja cheia de tubos com sangue fresco, quente e delicioso. Saí do elevador antes de a porta fechar e corri para as escadas.

Como é que eu poderia saber que hospitais eram tão perigosos?

Finalmente, minha família chegou ao carro e fomos para casa. Papai bocejou e olhou o relógio.

— Feliz Natal.

— Feliz Natal — disse a mamãe.

— Feliz Natal — disse a vovó.

— Feliz Natal — disse o Garoto Cenoura.

— Se alguém me acordar antes do meio-dia, vai ver — disse Emma.

— Todo mundo pode dormir bastante — disse mamãe. — Não precisa acordar cedo. Vamos ter um Natal preguiçoso.

— E uma noite feliz — disse o Garoto Cenoura.

37.

O pior melhor dia do ano

Acordar na manhã de Natal talvez seja a melhor parte do dia. É quando os presentes ainda não foram abertos. Então, dá para ficar deitado na cama imaginando e sonhando com o que está debaixo da árvore. Pode ser *qualquer* coisa.

Acordei cedo. Todo mundo continuava dormindo, porque tínhamos ido deitar tarde. Eu me levantei da cama e fui até a janela. Tinha nevado durante a noite. As árvores, as calçadas e os jardins estavam cobertos de neve, branquinha e fofa.

Abri a janela e respirei fundo. Dava para sentir o cheiro do ar gelado, das pessoas passando café, do bacon frito e da madeira que queimava na lareira das casas. Ouvi alguns sinos batendo bem longe.

Era a manhã de Natal *perfeita*.

Aí eu vi aquilo.

O boneco de neve.

Mas não era exatamente um boneco.

Ele tinha mãos peludas com garras, cabelo penteado para trás, orelhas peludas, dentes afiados pintados de vermelho, um rabo longo e cabeludo, um gorro de Papai Noel e um braço humano pendurado para fora da boca.

Era um boneco de neve vambizomem.

Era eu.

Na frente dele, alguém tinha escrito INFELIZ NATAL com spray na grama coberta de neve.

Eu tinha que admitir: o boneco ficou muito legal. Em um concurso de bonecos de neve, com certeza esse ficaria em primeiro. O Tanner Gantt deve tê-lo feito durante a noite. Aposto que demorou um tempão.

Eu me vesti e fui lá fora desmontar o boneco. Eu sabia que, se papai e mamãe vissem aquilo, ficariam bravos. Mas, antes de mais nada, tirei uma foto com meu celular, caso precisasse de provas.

Aí decidi fazer uma visitinha ao Tanner Gantt.

Enquanto caminhava, montei uma lista na minha cabeça.

COISAS PARA FAZER COM O TANNER GANTT

1. *Fazer um boneco de neve parecido com o Tanner Gantt no jardim da casa dele (mas daria muito trabalho e eu não sou um artista muito bom, então não ficaria parecido. A Capri conseguiria fazer um bem legal, mas ela provavelmente ficaria brava se eu a acordasse tão cedo na manhã de Natal).*
2. *Mostrar a foto do boneco de neve à mãe do Tanner para que ela lhe desse um belo castigo (não sei o que ela faria. Talvez não fizesse nada, ou talvez alguma coisa muito ruim. Não dava para confiar nela)*

3. *Falar para o Tanner Gantt que meus pais tinham chamado a polícia e que ele seria preso e passaria o Natal no xadrez (eu gostei dessa ideia).*

Quando cheguei à casa dele, deparei com as cortinas da sala fechadas, mas dava para ver uma luz acesa. Fui espiar por um espacinho que havia entre as cortinas.

Sentado no sofá, Tanner Gantt assistia a *Um Natal do Charlie Brown*. Era a última coisa que achei que ele veria. Aposto que muita gente assiste a coisas que nem imaginamos quando elas estão sozinhas. Tinha uma árvore de Natal pequena no canto da sala, com alguns presentes.

Eu estava pronto para bater na porta e gritar com ele, mas então tive uma ideia.

Tanner Gantt obviamente queria que eu visse o boneco de neve, ficasse bravo e gritasse com ele. Queria que eu explodisse de raiva depois de todo o trabalho que ele tinha tido na calada da noite.

Mas e se não reagisse do jeito que ele queria? Talvez isso o perturbasse ainda mais.

Bati na porta e o ouvi desligando a TV. Ele olhou pelo visor da porta e então a abriu. Pelo sorrisinho na cara dele, dava para ver que esperava que eu falasse alguma coisa sobre o boneco de neve.

— O que é que você quer, Marks?

— Só vim desejar Feliz Natal.

Falei como se fosse sincero, bem simpático e sorridente. Ele ficou confuso.

— O quê?

— Feliz Natal!

Eu não disse nada sobre o boneco de neve. Dava para ver que ele estava esperando que eu falasse alguma coisa.

— Você deu uma olhada no seu jardim hoje de manhã?

— Dei sim.

— Você viu alguma coisa lá?

— Não.

— Não? — ele pareceu surpreso.

— Não.

Ele acreditou. Às vezes sou um bom ator. Talvez Zeke esteja certo e eu deva entrar para o grupo de teatro da escola.

Tanner Gantt parecia bravo, provavelmente porque tinha acordado no meio da noite para fazer aquele boneco.

— É sério que você não viu o boneco de neve no jardim da frente da sua casa?

— Ahhhhh. Vi sim. O boneco de neve parecido comigo. Ficou muito engraçado. Você fez um belo trabalho! — eu disse, dando risada.

O queixo dele caiu. Eu continuei falando.

— E aí, seu Natal foi legal? Você ganhou algum presente maneiro? Ainda não abrimos os nossos. Você viu algum programa de Natal na TV? O meu preferido é o do Charlie Brown. Você quer fazer um boneco de neve?

O Tanner Gantt disse a pior coisa que alguém poderia dizer. Ele só sorriu e disse:

— Feliz Natal!

E bateu a porta na minha cara.

Eu fui embora, cantarolando "Bate o sino".

• • •

Eu estava quase indo embora, mas quis ver o que Tanner faria. Espiei pelo espaço entre as cortinas de novo. Ele tinha voltado para o sofá.

— Mãe! — ele gritou. — Quando a gente vai abrir os presentes?

— Tá bom, tá bom! — ela gritou não sei de onde. — Estou indo!

A Sra. Gantt entrou vestida com um roupão e tinha uma xícara gigante de café na mão. Com o cabelo bagunçado, parecia diferente sem maquiagem. Ela pegou debaixo da árvore uma embalagem com uma fita vermelha em volta.

— Feliz Natal, Tanner.

Ele recebeu o presente, chacoalhou a caixa para sentir o peso e para ver se conseguia adivinhar o que era. Eu faço a mesma coisa. Ele abriu a embalagem. Era uma jaqueta verde com capuz e um zíper alaranjado diferente. Estava na moda, tipo, uns três anos atrás. Eu tinha uma dessas. O Zeke e o Quente Cachorro também.

Deu para ver que ele não tinha gostado.

— Por que você me deu *isso*?

— Porque é bacana. Tem um monte de meninos que usam essa jaqueta.

— Usavam. Ninguém mais usa isso — era verdade. Nunca mais tínhamos usado as nossas. Ele a colocou de volta na caixa. — Eu não queria uma porcaria de uma jaqueta. Eu queria o videogame *Z-Play Cube*. Eu falei para você.

— Eu sei... mas não deu.

— Por que não?

— Porque a gente não é rico, Tanner. O seu pai não ajuda com dinheiro faz tempo, e aquele trabalho no shopping pagou quase nada e... outras coisinhas mais.

— Que coisinhas?

— Deixa para lá.

Ela começou a chorar. Ele ficou lá parado por um instante. Então tirou a jaqueta da caixa e a vestiu.

— Não é tão feia assim — ele disse.

Ela secou os olhos.

— No próximo ano vai ser melhor, Tanner, prometo.

Ele deu o presente a ela. Era um colar. Deve ser isso que estava na sacola da Coisinhas Bonitas lá no shopping. Ela começou a chorar de novo, mas era um tipo de choro diferente.

— Você quer que eu faça aquelas panquecas de Natal que eu fazia para você? — ela perguntou.

— Quero sim. O papai vai vir?

— Não. Ele me mandou uma mensagem ontem à noite. Esqueci de dizer.

Tanner Gantt ligou a TV de novo e eles começaram a assistir ao Charlie Brown. Agora eu estava com pena dele. Eu não devia ter voltado para olhar. Preciso parar de espiar as pessoas.

38.

Visitantes-surpresa

Quando cheguei em casa, vovó tinha acabado de acordar.

— É Natal! — ela gritou do topo da escala. — O show já vai começar!

A mamãe arrastou Emma para fora do quarto dela, vovó fez café e papai colocou músicas natalinas. Tínhamos começado a abrir os presentes quando a campainha tocou. Era o Garoto Cenoura, de roupão e pijama, segurando um montão de presentes.

— Feliz Natal, Sr. Marks! Está cedo demais?

— Sim. Está bem cedo. Mas entre — papai bocejou.

— Não o deixe entrar! — gritou Emma, correndo para o andar de cima. Ela não queria que o Garoto Cenoura a visse sem maquiagem e com o cabelo bagunçado. Eu acho que Emma fica mais bonita sem maquiagem e sem toda aquela tralha que enfia no cabelo. Já tentei falar isso para ela. Não deu muito certo.

Quando Emma desceu, finalmente abrimos nossos presentes.

Eu ganhei o videogame *Z-Play Cube* e o jogo *Coelhos ao ataque!*, e a vovó me deu uma assinatura de uma coisa chamada Clube da Carne do Mês.

Emma me deu um skate novo. Foi o primeiro presente legal que ela já escolheu para mim. Aposto que o Garoto Cenoura a obrigou a comprar e ainda a ajudou a pagar.

A vovó adora filmes de terror e eu fiz um ótimo presente para ela. Comprei três modelos de personagens — um vampiro, um lobisomem e um zumbi —, desmontei-os e misturei os três, criando um vambizomem. Ela adorou.

Dei ao Garoto Cenoura um vale-presente do Taco! Taco! Taco!, que é o restaurante preferido dele.

O Garoto Cenoura deu umas roupas à Emma e ela experimentou todas, fazendo um desfile chatérrimo para a família. Ela lhe deu um porta-retratos enorme com uma foto dela. Pelo menos não era um autorretrato pintado. Eu estava feliz por eles não terem inventado mais nenhum apelido um para o outro.

Mamãe deu o celular ao papai, e ele adorou. Emma começou a dizer a todo mundo como tinha sido mega-difícil encontrar o celular, mas mamãe mandou que ela parasse. Para sacanear Emma, papai lhe deu um carrinho de brinquedo. Ela não achou nada engraçado e jogou o carrinho fora.

Eu não conseguia parar de pensar no Natal do Tanner Gantt. Posso ser um vambizomem, mas prefiro ser eu a ser ele.

• • •

Naquela tarde, apareceu alguém que eu não esperava ver no Natal.

— Uma das suas namoradas está aqui — disse Emma, olhando pela janela.

Capri, usando um gorro de Papai Noel, vinha na direção da nossa casa com um presente na mão.

— Ela não é minha namorada, Emma!

— É melhor falar isso para ela — disse Emma, enquanto subia as escadas.

Abri a porta.

— Feliz Natal, Tom.

— Ah, oi, Capri. O que é isso? — falei, apontando para o presente.

— Um presente de Natal, seu bobo.

Por que a Capri tinha comprado um presente para mim? Agora eu tinha que comprar um para ela. É uma regra do Natal.

— Você não vai abrir? — ela disse, impaciente.

— Ah, sim — era uma pintura da Capri olhando por uma janela. Agora eu tinha três desenhos da Capri. Se ela ficasse famosa um dia, eu ficaria rico.

— Obrigado, Capri.

Ela me olhava com aquela cara de "cadê o meu presente?".

Eu disse:

— Hum, o seu presente está lá em cima.

— Sério? Você comprou um presente para mim? Não precisava. Que fofo. — Ela pareceu surpresa.

— Já volto.

Corri ao andar de cima e bati na porta do quarto da Emma.

— Não quero ver ninguém — ela gritou.

— Emma, preciso de um presente para a Capri.

— Eu não sou uma loja.

— Por favor, me ajuda!

Ela abriu a porta.

— Então quer dizer que ela é sua namorada.

— Não é, não. Você tem alguma coisa que eu possa dar para ela?

Ela pegou um frasco de perfume.

— Aqui. Dê isso a ela.

Eu fiquei desconfiado.

— Tem alguma coisa de errado com isso aqui?

— O Karl Kreese me deu.

Era um dos ex-namorados da Emma. Antes ela amava o Karl, mas agora o odiava. Coloquei o frasco em uma embalagem de presente, corri à sala e dei o presente a Capri.

— Obrigada, Tom! Adoro perfumes! Que gentileza.

Era só um frasco de perfume.

— E se chama Sonhos de Amor — ela disse com uma voz estranha.

Sonhos de Amor?! Eu não tinha visto aquilo! Por que tinham que colocar esse nome?

Ela espirrou um pouco de perfume no pulso e cheirou.

— Hum, não é uma delícia, Tom?

Ela enfiou o pulso na minha cara. Era como se tivesse enfiado um milhão de rosas e um caminhão cheio de limões bem no meu nariz. Esse é o problema de ter um superolfato. Ela espirrou mais um pouco de perfume e aquilo me deu vontade de vomitar.

— Sempre que passar esse perfume, vou me lembrar de você — Capri sorriu.

Ela me deu um abraço. Segurei a respiração para não vomitar.

— Feliz Natal, Tom.

Ela foi embora dando pulinhos pela calçada.

Fui entregar o presente da Annie na casa dela à tarde.

— Feliz Natal, Annie.

Deu para notar que ela estava surpresa por me ver no momento em que abriu a porta. Provavelmente foi assim que fiquei quando vi a Capri.

— Ah... Hum... Oi, Tom. Feliz Natal. Isso é para mim?

— É sim.

— Não sabia que a gente iria trocar presentes.

— Não é isso. Quer dizer, é que eu vi isso aqui e achei que você iria gostar. Foi baratinho. Estava na promoção.

Por que é que eu fui dizer isso?

— Entra — ela disse. O cheiro na casa dela estava muito bom.

— Que cheiro gostoso é esse?

— Fizemos *tamales*. É uma das nossas tradições de Natal. Quer experimentar?

— Posso comer cinco?

Ela riu, mas eu não estava brincando. Ela desembrulhou o livro.

— *Morremos de paixão*. Ah... esse eu não conhecia. Obrigada, Tom.

Ela não pareceu muito animada. Eu deveria ter dado o perfume a ela e o livro a Capri.

— Você deveria fazer uma dedicatória. Vou pegar uma caneta.

Fazer uma dedicatória? Eu nunca tinha feito uma dedicatória em um livro antes. Eu não sabia o que escrever.

Annie voltou com uma caneta.

Eu escrevi:

Para a Annie

E agora?

Você adora livros, então comprei um para você.

Essa deve ser uma das dedicatórias mais patéticas da história. Como eu poderia assinar?

Com amor?

Não!

Atenciosamente? Do fundo do coração? Meus melhores votos?

Mas isso não era uma carta!

Por que o Natal tem que ser tão difícil? É tão cansativo. Acabei assinando assim:

Feliz Natal, Tom.

Annie disse:

— Desculpa por não ter comprado um presente. Mas tem uma coisa que eu quero dar a você. Já volto.

Fiquei lá em pé, pensando no que ela me daria.

Uma música nova que *não* era sobre minha espionagem ao quarto dela?

Um poema sobre mim?

Uma foto dela com a dedicatória "*Para o Tom, a pessoa mais legal que conheço. Com amor, Annie*"?

Não era nada disso.

Ela voltou trazendo um livro com uma fita vermelha amarrada em volta.

— Espero que você goste. E espero que não traga lembranças ruins sobre a maquete.

Era o livro *Poemas de Emily Dickinson*, que ela estava lendo no ônibus. Parecia ter um milhão de páginas, e trazia uma foto em preto e branco da Emily na capa. Ela até que era bonita, apesar de meio assustadora e meio triste, tudo ao mesmo tempo.

— Obrigado, Annie.

— Ligue para mim assim que terminar de ler, para a gente poder conversar sobre o livro.

Eu levaria a eternidade para ler aquilo. Quem sabe no ano seguinte eu ligasse para ela.

— Annie — a mãe dela chamou. — Hora de se vestir, já vamos sair.

— Tá bom, mãe. Eu preciso ir, Tom. Nós vamos à casa da minha *abuelita*. Obrigada pelo livro.

Ela me deu um abraço. Acho que durou uns dois segundos a mais do que o abraço da Capri. Voltando para casa, abri o livro para ver o que ela tinha escrito.

> *"Para o Tom,*
>
> *Aqui estão alguns poemas incríveis para um amigo incrível.*
>
> *¡Feliz Navidad!*
>
> *Annie"*

Amigo incrível?

Eu devia *mesmo* ter dado o perfume para ela.

39.

Até que enfim

Zeke dormiu lá em casa na noite de Ano-Novo. Tentamos ficar acordados até meia-noite, vendo filmes na sala. Mas o Zeke acabou dormindo dez e meia e eu dormi logo depois. Acordamos à meia-noite com os fogos de artifício, as buzinas e os gritos pela vizinhança. Desejamos feliz Ano-Novo um para o outro e voltamos a dormir. A noite de Ano-Novo só obriga a gente a ficar acordado até tarde e se divertir; mas depois, no dia seguinte, a gente levanta cansado.

Fiz a minha lista de resoluções de Ano-Novo.

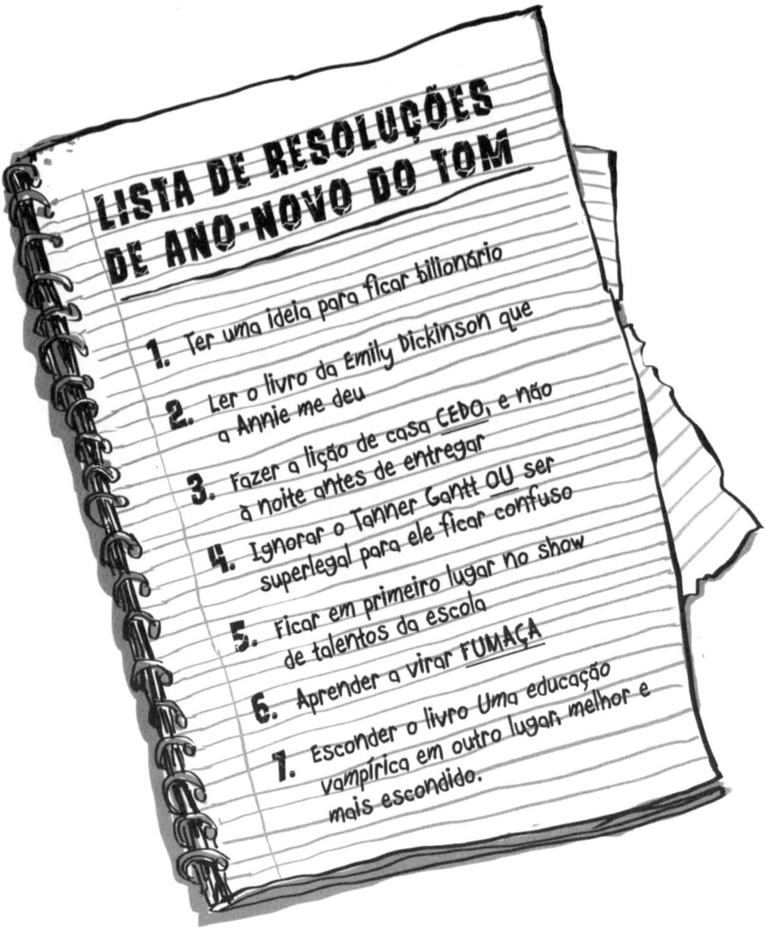

As férias de fim de ano passaram muito rápido. Quando as aulas voltaram, o Tanner Gantt passou a me ignorar. Ele andava com um garoto com cara de malvado da oitava série, chamado Ross Bagdasarian, e com um magricela da sétima série, que tinha uma expressão assustadora. Eles provavelmente estavam criando uma gangue.

Todas as noites, eu tentava virar fumaça, mas nunca dava certo. Eu também praticava hipnose, mas a fumaça era meu objetivo número um. Li as instruções pela milésima vez.

Transformação em fumaça, vapor ou névoa

Se você deseja se transformar em fumaça, vapor ou névoa, tenha cuidado. Imagine seu corpo como fumaça. Repita este feitiço em silêncio: "Vire fumaça (ou vapor ou névoa). Fumaça (ou vapor ou névoa) serei." Repita até conseguir o efeito desejado. Para voltar à sua forma humana, repita: "Vire um humano. Humano, eu serei." Concentre toda a sua atenção nessa tarefa. Não deixe mais nada passar pela sua mente.

Essa parte era *bem* difícil. Eu não conseguia parar de pensar em outras coisas, como no meu aniversário, que estava perto, no cabelo da Annie, nas chances da Incógnita de ficar em primeiro lugar no show de talentos, no Tanner Gantt, na Garota do Aspirador, se o Darcourt voltaria, nos olhos verdes da Martha Livingston e naquele zumbi que tinha me mordido.

Quando o posto de gasolina onde o conheci pegou fogo, será que ele fugiu? Vi pegadas na mata quando voltei lá. Será que ele vagava por aí? Será que tinha sido assassinado? Será que teria ido parar em algum outro espetáculo? Será que o veria outra vez?

Era difícil me concentrar em virar fumaça com todas aquelas coisas na cabeça.

o o o

No dia seguinte, na escola, tinha me esquecido completamente de uma prova de inglês que estava marcada. Mas eu tive uma ideia: ia tentar fazer uma coisa que *nunca* tinha feito antes. Cheguei cedo à aula e fui até a mesa do professor Kessler. Outros garotos chegaram e se sentaram nos seus lugares, e eu falei bem baixinho.

— Professor Kessler?

— Como posso ajudá-lo, Marks?

— *Olhe* bem nos meus olhos.

— Tem alguma coisa errada aí?

— É, acho que tem alguma coisa no meu olho.

Ele se inclinou na minha direção.

— Não estou vendo nada.

— Olhe... mais perto — encarei o máximo que consegui. — Não precisamos fazer a prova hoje.

Ele respondeu com voz de sono:

— Não... precisa... prova.

— Podemos fazer amanhã.

— Fazer... amanhã.

— Hoje podemos fazer qualquer coisa.

— Fazer... qualquer... coisa.

Estalei meus dedos e fui sentar no meu lugar. O sinal tocou e o professor Kessler disse:

— Certo, pessoal, escute: vocês podem fazer qualquer coisa hoje.

Funcionou! O jogo agora estava a meu favor.

Aí a Maren Nesmith ergueu a porcaria da mão.

— Mas, professor Kessler, nós temos prova hoje do capítulo catorze ao vinte.

— Não, Maren. Faça qualquer coisa hoje.

Ela apontou para o quadro-negro.

— Mas você escreveu no quadro.

Ele se virou e olhou para o quadro-negro atrás dele.

— O quê? Ah, é. Você tem razão. Nós temos prova. Obrigado, Maren.

Da próxima vez, preciso hipnotizar a Maren primeiro.

Depois da aula, eu e Annie fomos caminhar pelo corredor.

— Você hipnotizou o Kessler, não foi?

Dava para ver em sua voz que ela não tinha gostado muito daquilo.

— É. Só queria ver se eu conseguia.

— Bom, mas lembre-se: com grandes poderes...

— ...vêm grandes responsabilidades. Já sei.

Então ela segurou meu braço e me olhou bem séria:

— Nem pense em tentar me hipnotizar.

• • •

Naquela noite, depois de insistir um milhão de vezes, eu estava quase desistindo de virar fumaça. Zeke foi lá em casa para tentar me ajudar.

— Talvez você esteja se esforçando demais, Tonzão. Por que você não tenta parar de pensar nisso, como se nem ligasse mais?

Valia a tentativa. Eu disse:

— Vire fumaça. Fumaça, eu serei.

Puf! Virei fumaça.

— Tonzão, você virou fumaça!

Eu me senti superleve e esvoaçante. Para me mexer, eu meio que me inclinava em uma direção. Flutuei pelo quarto e passei pela fresta da minha janela. Flutuando do lado de fora da casa, vi Emma no quarto dela.

Ela estava com um velho ukulele na mão e, mesmo só sabendo dois acordes, cantava uma música que havia composto, chamada "Eu amo meu Luquinha".

Eu só escutei um verso, mas era a pior música da história. Não fiquei para ouvir nem ver aquilo. Eu tinha uma regra que dizia que eu não podia espiar. Voltei ao meu quarto pela fresta da janela.

— Tenta me atravessar! — disse Zeke.

Passei flutuando por ele.

— Excelente!

— Você me sentiu passando?

— Um pouquinho. Ei, você consegue mexer nas coisas?

Empurrei minha cadeira e coloquei-a do outro lado do quarto. Zeke começou a fazer polichinelos.

— Você é o Homem Fumaça!

Agora eu dominava duas habilidades: hipnose e transformação em fumaça. Logo, logo, eu precisaria usar as duas.

40.
Que vença o melhor

— Qual música vamos tocar no teste? — perguntou Abel, enquanto nos preparávamos para ensaiar na casa da Annie.

— Vamos tocar "Espião" — disse Annie. — É a nossa melhor música.

Eu não queria tocar essa por dois motivos.

Eu só cantava no refrão.

Falava sobre mim, espiando a Annie.

— Não acho que essa seja a nossa melhor música — eu disse. — Que tal "Mesa da Vergonha"?

Annie tinha escrito uma música muito legal sobre aquela vez em que tivemos que passar o recreio em silêncio.

— Tanto faz a música que vamos tocar, desde que eu possa fazer meu solo de bateria — disse o Quente Cachorro.

— Não tem solo de bateria em "Espião" — Annie o encarou.

— Então não quero essa.

Zeke entrou na conversa.

— Pessoal, precisamos de uma máquina de fumaça, fogos de artifício e lasers para o show de talentos!

— A escola não vai deixar — disse Annie. — Além disso, a música é o mais importante. Não precisamos de efeitos especiais.

— Tá bom... e se eu atravessar o palco correndo com um lançador de faísca?

— Não, Zeke.

— Uma lanterna?

— Não!

— Serpentina?

— NÃO!

Capri, que repetia as mesmas duas notas no piano, não disse nada. Mas parecia querer dizer.

Ensaiamos "Espião" nas duas semanas seguintes. Eu tinha que admitir: a música era muito boa, apesar de eu só poder entrar no refrão. O show de talentos seria a nossa primeira apresentação, mas a Incógnita tinha chance de ganhar. A menos que alguma coisa maluca acontecesse.

° ° °

Três dias antes do teste, íamos tocar "Espião" pela milésima vez. A mãe da Annie fazia nachos para a gente na cozinha. O cheiro estava delicioso e eu estava com uma fome de zumbi, para variar.

— Um, dois, três... — Annie começou a contar.

Capri ergueu a mão.

— Espera. Pessoal, acho que a gente deveria tocar outra música.

Annie olhou para Capri como se ela tivesse sugerido que fizéssemos um show de circo.

— Outra música? Por quê?

— Olha, a gente quer ganhar, não é? Os jurados são o diretor Gonzales e dois professores. Se nós tocarmos uma música de que eles gostem, nós ganharemos.

— Ela tem razão — disse o Quente Cachorro, coçando a cabeça com uma baqueta da bateria.

— E que música você sugere? — perguntou Abel.

Capri sorriu.

— A música se chama "A escola é da hora".

Annie fez um barulho como se estivesse vomitando.

Capri continuou.

— Os jurados vão adorar e nós vamos ganhar.

— Posso fazer um solo de bateria? — perguntou Quente Cachorro.

— Ficaria maneiro com um solo de bateria — Capri confirmou.

— Tô dentro! — disse Quente Cachorro.

Annie ergueu a mão.

— Espera aí! Eu nunca nem ouvi falar dessa música.

— Eu sei. Acabei de compor — disse Capri, orgulhosa, segurando uma folha de caderno. — A música ficou incrível!

— Você nunca compôs nada! — disse Annie.

— Foi superfácil. Eu escrevi em, tipo, cinco minutos.

— Não dá para compor uma música boa em cinco minutos.

— Mas eu consegui — disse Capri.

Annie não estava satisfeita.

— Não vou tocar uma música chamada "A escola é da hora".

Abel se preparou para falar.

— Por que não escutamos a música da Capri, discutimos os prós e os contras e tomamos uma decisão consciente?

Annie se sentou, cruzou os braços e disse:

— Tá bom. Cante para a gente a música "incrível" que você compôs em cinco minutos, Capri.

Capri começou a tocar uma melodia agitada e animada no piano e cantou.

"Quero contar para vocês
O que vocês já devem saber
Sobre um lugar onde mora o saber..."

Annie interrompeu.

— Capri, não dá para rimar "saber" com "saber", é a mesma palavra.

Capri ignorou e continuou cantando:

"Ei, vocês, escutem o que vou dizer:
Você prefere matemática ou gramática?
Inglês? Ciências? Artes ou informática?
Vem que tem um lugar perfeito pra mim e pra você!"

Annie revirou os olhos.

"Dá para ir de van ou a pé,

É um lugar para quem quiser!"

Annie bocejou.

"Cinco dias por semana, toda hora é hora,

Acordamos cedo e vamos para a escola

Os "fessores" são espertos e geniais

E, da cantina, eu sempre quero comer mais!"

Zeke, que estalava os dedos no ritmo da música, disse:
— Eu adoro a comida da cantina!

Eu tinha que admitir: a comida era bem gostosa mesmo.

"A escola é da hora! Cante comigo!

A escola é da hora! Cante com a Capri!"

Annie levantou e gritou:

— CHEGA!

Capri parou, mas dava para ver que não era isso que queria.

— Não deu para eu fazer meu solo de bateria! — Quente Cachorro reclamou.

— Nunca, nunquinha que vou cantar isso! — disse Annie.

— Não precisa. Eu canto — Capri sorriu.

— *Eu* canto melhor! — disse Annie.

— O Tom canta melhor! — disse Capri.

Ela tinha razão.

— Essa é a pior música do mundo — disse Annie.

Isso não era verdade. Annie nunca tinha ouvido "Eu amo meu Luquinha". Era um milhão de vezes pior.

— Capri, tenho uma pergunta — disse Abel. — Essa música tem um sentido irônico? Satírico? É uma piada?

— Não!

— É, sim, uma piada, e a gente não vai tocar! — disse Annie.

Capri se levantou do banco do piano.

— Quem disse que você é a líder dessa banda?

Annie olhou para todo mundo em volta.

— Tá bom, vamos votar. Quem quer tocar a música idiota da Capri?

Capri ergueu a mão e Quente Cachorro também. Ela se virou para Zeke e disse:

— Zeke, você pode atravessar o palco correndo com uma faísca, e uma lanterna, *e* uma serpentina se a gente tocar "A escola é da hora".

— Desculpa, Annie — disse Zeke, erguendo a mão.

— Quem quer tocar "Espião"? — disse Annie, erguendo a mão e olhando para mim e para Abel.

A música da Capri era boba, mas, se a gente tocasse, poderia até ganhar o concurso e ir comer hambúrguer. Maren Nesmith sempre contava vantagem para todo mundo sobre a vez que ela foi comer naquele lugar. Ela disse que dava para comer nos cenários de filmes famosos e havia uns hambúrgueres gigantescos. Eu queria ganhar, mas não queria magoar a Annie. Eu não sabia o que fazer. Era a incógnita da Incógnita.

Abel ergueu a mão e votou pela música da Annie, e eu também.

— Parece que temos um empate — disse Abel. — Vamos tirar cara ou coroa?

— Não vou tocar "A escola é da hora"! — gritou Annie.

— E eu não vou tocar "Espião"! — gritou Capri.

Eu estava ficando com fome.

— Podemos comer uns nachos e decidir depois?

— Não! — disse Annie.

Foi aí que eu tive uma ideia. Mas eu não deveria ter dito em voz alta.

— E se a gente tocasse a música da Capri neste ano e a música da Annie no ano que vem?

Annie explodiu como o vulcão de bicarbonato de sódio na feira de ciências.

— Esqueçam. Eu vou tocar a *minha* música sozinha! Não preciso de vocês! Vocês todos estão demitidos!

E foi assim que a banda acabou pela terceira vez.

41.

O morcego na cartola

— Tive uma ideia brilhante, Tonzão!

— O quê? — sempre fico meio nervoso quando o Zeke diz isso.

— Vamos fazer um número de mágica!

— Nós não somos mágicos, Zeke.

— Eu sei, mas você pode virar morcego, e pode virar fumaça, e ninguém sabe disso. Aposto que a gente conseguiria fazer uns truques incríveis!

O teste para o show de talentos seria dali a três dias e a gente tentava bolar um número novo. Tinha que admitir:

mágica era uma ideia bem legal. Assistimos na internet a alguns vídeos de truques de mágicos. Em vez de um coelho, Zeke queria tirar um morcego (eu) de uma cartola, mas eu sabia que poderíamos bolar uns truques ainda melhores.

No final das contas, criamos um número bem legal, que durava uns cinco minutos. Achamos que tínhamos uma boa chance de ganhar o prêmio e passar a noite na Hamburgueria Hollywood Hang.

A escola fez dois dias de testes, porque muitas pessoas queriam participar do show, então eu e Zeke não conseguimos ver todos os números inscritos. Nós fizemos o teste no segundo dia. O diretor Gonzales, o professor Stockdale e a professora Heckroth sentavam na primeira fileira do auditório, com cadernos e canetas. Dei uma olhada para ver se o Tanner Gantt se escondia em algum lugar ali perto, com uma cabeça de alho. Mas ele não estava lá.

Assistimos aos testes dos outros garotos. Tinha gente cantando rap, tocando piano, violino, guitarra, fazendo beat box; tinha também algumas bandas, grupos de teatro e de dança.

Capri fez um rap de "A escola é da hora", com o Quente Cachorro na bateria. Ele fez um solo no meio da música, mas a professora Heckroth tapou os ouvidos com os dedos o tempo todo.

No violão, Annie tocou e cantou "Espião". Ficou ótimo. Eu até fiquei meio arrependido por não termos tocado essa música.

Abel fez um número de malabarismo. Será que ele sabe fazer *tudo*?

— O próximo número que vamos ver — disse a professora Heckroth — é do Zeke Zimmerman e do Tom Marks.

Entramos no palco. Zeke se curvou e disse:

— Eu sou o Maravilhoso Zimmerman e este é meu parceiro, o Magnífico Marks.

Zeke vestia uma cartola e um smoking que tinha usado no casamento da irmã. Eu usava terno, e me senti como o Abel. Levamos um velho baú que minha mãe guardava no sótão. Entrei no baú e me fechei lá dentro; Zeke balançou uma varinha por cima.

— Abracadabra!

Eu virei morcego e me escondi em um cantinho do baú, debaixo de uma dobra que tínhamos feito. O Maravilhoso Zimmerman abriu a caixa.

— E ele... desapareceu!

Ele fechou o baú.

— E, agora, o Magnífico Marks reaparecerá!

Voltei a ser eu mesmo. Zeke abriu o baú e lá estava eu.

Em seguida, fiquei no palco enquanto Zeke foi na direção do público. Ele fez a professora Heckroth escolher uma carta de baralho e mostrar. Zeke sussurrou qual carta era, bem baixinho. Eu conseguia ouvir o que ele dizia lá do outro lado do auditório.

— É um três de espadas? — eu disse.

— Sim — disse a professora Heckroth. — Que incrível!

— Claro, eu sou o Maravilhoso Zimmerman — disse Zeke. — Bom, para nosso último número, precisamos de um voluntário da plateia. Diretor Gonzales, o senhor poderia se juntar a nós?

Ele subiu ao palco e perguntou:

— Você não vai me fazer desaparecer, não é?

A piada não foi muito boa, mas nós rimos porque ele era um dos jurados.

Fui para trás das cortinas e me transformei em fumaça. Zeke fingiu jogar ali uma bomba de fumaça, e a fumaça (eu) saiu por debaixo das cortinas. Eu levantei o diretor Gonzales do chão e fiz com que ele flutuasse. Ele não conseguia entender o que estava acontecendo.

— O quê? Como? Quem está fazendo isso?

Eu o coloquei de volta no chão, retornei por baixo da cortina, voltei a ser eu mesmo e fizemos nossos cumprimentos.

O diretor Gonzales perguntou baixinho:

— Vocês estão usando algum poder de vambizomem que não conhecemos?

— Um mágico nunca conta os seus segredos — disse o Maravilhoso Zimmerman.

No dia seguinte, fizeram uma lista com todos os números que tinham sido aprovados para participar do show. A Annie, a Capri, o Quente Cachorro, o Abel, o Zeke e eu tínhamos passado no teste. Havia alguns nomes que não reconheci, mas não estava preocupado. Eu e Zeke tínhamos o melhor número de mágica do mundo.

Quem poderia nos vencer?

42.

O garoto que ninguém conhecia

Na noite do show, o diretor Gonzales foi o mestre de cerimônias. Os primeiros dez números foram legais, mas não fantásticos. Annie cantou "Espião" e todo mundo aplaudiu de pé. E eu pensei comigo: "*A Annie vai montar uma banda nova com outras pessoas, vai ficar rica e famosa um dia. Vão me entrevistar e dizer: 'Você fazia parte da banda da Annie Barstow, a maior cantora do mundo. Ela o demitiu porque você não quis tocar o maior sucesso dela, 'Espião'. Como é que você se sente?*

A vovó me disse que os Beatles tiveram um baterista chamado Pete Best e, logo antes de a banda ficar famosa, Pete foi demitido. Contrataram outro baterista, chamado Ringo Starr. Aposto que o Pete ficou muito, muito bravo. Seria assim que eu, Zeke, Abel, Quente Cachorro e Capri nos sentiríamos um dia. Todos nós seríamos Pete Best.

Capri e Quente Cachorro tocaram "A escola é da hora". Uma boa parte do público riu, alguns vaiaram. Que bom que não tocamos aquela música. Capri começou a chorar e saiu correndo do palco, então o Quente Cachorro fez um solo de bateria, até que o diretor Gonzales o mandou parar. A plateia gostou bastante dessa parte.

O diretor Gonzales gritou com os espectadores:

— Se eu ouvir mais uma vaia, em qualquer número, vou cancelar este show imediatamente!

Eu senti pena da Capri. Quando ela chegou ao camarim, me abraçou por algum motivo. Eu não sabia o que fazer. Dei três tapinhas de consolo em suas costas. Ela parou de chorar, então acho que funcionou. Meu ombro ficou com uma mancha molhada das lágrimas. Torci para que secasse antes de entrarmos no palco.

— Agora deem as boas-vindas aos nossos próximos artistas, a banda Pesadelo Cavernoso.

Entraram no palco Ross Bagdasarian, segurando uma guitarra, e Gary Nathanson, com um par de baquetas. Atrás deles vinha Tanner Gantt, carregando o baixo preto que eu tinha visto no quarto dele. Era por *isso* que ele estava andando com aqueles caras. Devem ter feito o teste no primeiro dia.

A música era barulhenta e rápida, e eu tive que admitir, por mais que não quisesse: eles eram muito bons. Talvez até melhores do que muito bons. O público foi à loucura, gritando e aplaudindo. Eu queria odiá-los por causa do

Tanner Gantt, mas não dava, porque eles eram bons. Aquilo também me lembrou de que precisávamos de um baixista na Incógnita. Aí, lembrei que a Incógnita não existia mais.

Eu e Zeke faríamos o próximo número. Tanner Gantt não perdeu a chance de zoar, enquanto passava por nós.

— Quero ver vocês fazerem melhor, seus aprendizes de mágico.

— E agora teremos nosso número de mágica — disse o diretor Gonzales. — O Maravilhoso Marks e o Magnífico Zimmerman! — ele trocou nossos nomes. Foi aí que tudo começou a dar errado.

Difícil dizer de quem foi a culpa por nosso número ter sido um fracasso. Eu digo que foi culpa do Zeke, por se empolgar demais e começar a pular em cima do baú (coisa que não tinha feito no teste e que eu não sabia que ele faria). Ele diz que foi minha culpa, por achar que alguma coisa tinha dado errado quando ele começou a pular em cima do baú, e por sair do lugar onde eu estava escondido.

Seja como for, o baú virou, eu caí lá de dentro e todo mundo viu que eu era um morcego.

— É o Marks!

— Então ele consegue virar morcego!

— Já estava na hora!

— Espero que ele não me passe raiva!

— Voa, meu irmão!

Voei pelo palco, pois achei que aquilo salvaria nosso número. Mas não salvou. Fomos desclassificados, porque tinha uma regra que dizia que não podíamos levar animais ao show de talentos. Acho que alguém levou um cachorro uma vez para fazer truques de mágica e ele acabou mordendo o diretor Gonzales.

Então todo mundo ficou sabendo que eu conseguia me transformar em morcego e voar. Acho que foi legal não ter mais que esconder aquilo.

E, assim, o show estava quase acabando. Só faltava um número.

— O nosso último artista é o Eric Blore — disse o diretor Gonzales.

Ele entrou no palco. Eu nunca tinha visto aquele garoto na vida, nem o Zeke. Sempre tem alguém assim na escola. Alguém que ninguém conhece e de repente aparece, do nada. Ele era baixinho, meio gordinho, usava óculos e estava vestindo terno e gravata. Tropeçou no fio do microfone enquanto entrava e algumas pessoas riram.

Aí ele sentou ao piano e tocou uma música de um cara chamado Mozart, a duzentos quilômetros por hora. Os professores *adoram* números assim. Eu sabia que ele iria vencer. Não dá para competir com um garoto assim, tocando piano a duzentos quilômetros por hora.

Foi o Eric Blore que ganhou a ida à Hamburgueria Hollywood Hang.

• • •

Depois do show, os antigos membros da Incógnita acabaram juntos no camarim. Ficamos nos olhando por alguns segundos. Aí todo mundo começou a conversar. Annie se sentiu mal porque o público vaiara a Capri. Por sua vez, Capri admitiu que a música dela tinha sido uma besteira. Annie disse que "Espião" teria ficado melhor se toda a banda tivesse tocado junto. Ninguém precisou dizer nada sobre o número de mágica que eu e Zeke fizemos. O Quente Cachorro estava chateado por não ter conseguido fazer o solo de bateria.

Abel disse:

— Talvez a gente possa pensar em reunir a Incógnita outra vez.

— Boa ideia — disse Annie. — Vamos voltar a tocar juntos. E nunca mais romper.

Agora nenhum de nós seria o Pete Best.

Dois dias depois, eu estava caminhando até a casa da Annie para o ensaio da banda. Vi a Annie e a Capri, a uma quadra de distância, sentadas na varanda. Dava para ouvir o que elas falavam. Parei para ouvir porque... bem, às vezes é difícil não usar a minha superaudição.

— Annie, você gosta do Tom?

— Gosto.

— Não, quero dizer, você *gosta* dele de verdade?

— Você quer dizer como amigo? Ou gostar, assim, de outro jeito?

— É, de outro jeito.

— Por quê?

— Porque acho que ele gosta de mim... sabe, de outro jeito. No Natal, ele me deu um perfume chamado Sonho de amor.

— Sério?

— É. Mas me deu alergia, então joguei fora. Não conte para ele — disse Capri. — Ele deu alguma coisa a você?

— Ele me deu um livro.

— Que livro?

— *Morremos de paixão.*

— Sério?

— Sério. Mas era tão ruim que não consegui ler nem um capítulo. Não vou contar isso para ele.

Eu nunca mais vou comprar nada para nenhuma das duas.

Naquela noite, meu pai estava assistindo ao noticiário na TV. Normalmente, eu nem presto atenção, mas os meus ouvidos apontaram para cima quando escutei o repórter dizer: "A propriedade do bilionário Geoffrey Bucklezerg Kane em Las Vegas foi invadida na noite passada. As câmeras de segurança mostraram algo parecido com um cachorro grande do lado de fora do imóvel. Um mordomo saiu pelo portão para verificar, mas o cachorro tinha desaparecido. A polícia acredita que, em seguida, um ladrão tenha entrado escondido na casa, que abriga a coleção privada de itens raros e famosos do Sr. Kane. Mas, de acordo com um porta-voz do Sr. Kane, nada foi roubado, e o invasor conseguiu sair sem ser visto."

Eu sabia quem era o invasor.

Darcourt.

Ele não levou nada porque não achou o que queria. Será que ele sabia que o livro ainda estava comigo? Será que voltaria? Por que a vida é tão complicada?

43.

Doze, até que enfim

No dia 16 de janeiro, eu *finalmente* fiz doze anos. Gostaria que meu aniversário não fosse tão perto do Natal. Preferiria que fosse, tipo, em maio. Mas infelizmente não dá para escolher quando a gente nasce.

Parecia que tinha onze anos fazia uma *eternidade*. Os doze seriam meu último ano antes da adolescência. A mamãe e o papai cantaram "Parabéns pra você" quando entrei na cozinha de manhã. Emma estava sentada lá também, mas não cantou. Mamãe jogou um biscoito amanteigado na cabeça dela.

— Ai! — disse Emma. — Machucou!

— Biscoitos não machucam — retrucou mamãe. — Cante para o seu irmão.

Emma começou a cantar desafinado, de propósito, até que mamãe deu uma cotovelada nas costelas dela.

Papai mediu minha altura na porta em que nós marcávamos quanto havíamos crescido todos os anos. Como sou um pouco vampiro e um pouco zumbi, fiquei preocupado que pudesse não crescer mais e ficar com cara de onze anos e meio para sempre. Acho que, por ser um pouco lobisomem também, posso ficar mais alto e parecer mais velho. Essa era uma boa notícia.

Naquela noite, fomos jantar em uma churrascaria chamada Limpe o Prato. O Zeke também foi. Emma não queria ir porque dizia ser vegetariana. Mas não era. Ela deu cinco mordidas no sanduíche de rosbife do Garoto Cenoura. Eu comi três filés, todos crus, é claro. A garçonete ficou impressionada. Ela nunca tinha visto ninguém da minha idade, ou de nenhuma idade, comer tantos filés.

Mamãe e papai me deram um fone de ouvido novo. A vovó me deu um pôster de um dos nossos filmes de terror preferidos, chamado *Criatura da Lagoa Negra*.

Emma conseguiu dar um presente ainda pior do que os outros: uma camiseta que ela mesma tinha feito. Estava escrito: VAMPIROS NÃO APARECEM EM FOTOS.

Zeke me deu duas entradas grampeadas em um panfleto.

— Comprei entradas para nós irmos à Feira de Quadrinhos na semana que vem, Tonzão.

Que presente maneiro. Eu nunca tinha ido a essa feira.

— Emma-maravilha, nós também podemos ir! — disse o Garoto Cenoura.

Será que esses apelidos não acabavam mais?

Ela fez aquela careta de quem tinha acabado de sentir um cheiro ruim.

— Nem pensar que vou ao mesmo lugar que um bando de nerds enlouquecidos para conseguir pegar um

autógrafo e tirar uma foto com alguém que fez o papel do Stormtrooper n.º 27 em um *Star Wars* qualquer.

— O Terrence McGrath vai estar lá — eu disse, lendo o panfleto.

Emma tirou o panfleto da minha mão.

— Ai, não acredito! Você está falando sério?

Terrence McGrath era um ator por quem Emma tinha se apaixonado no ano anterior. Ela tinha posto o nome no hamster de estimação em homenagem a ele. O mesmo hamster que eu comi e vomitei.

O Terrence — o hamster, não o ator — sobreviveu e hoje mora na casa do professor Beiersdorfer, do outro lado da rua.

— A gente *realmente* tem que ir a essa Feira de Quadrinhos — disse Emma.

• • •

O Garoto Cenoura, Emma, Zeke e eu fomos à Feira de Quadrinhos juntos. Chegamos atrasados porque Emma levou a vida inteira para ficar pronta. O centro de convenções era do tamanho de dois campos de futebol. Metade das pessoas se vestia como algum personagem. Era tipo um Halloween, só que sem os doces.

Para mim, era outra oportunidade de me fantasiar e me maquiar, para que as pessoas não me reconhecessem. Usei minha antiga fantasia de Vincent Van Gogh que não me deixaram usar na escola, porque tinha um curativo ensanguentado na orelha, e eles tinham essa regra besta de que não podia ter sangue na escola. O Zeke, é claro, se vestiu de Coelho Randee. Emma foi com uma fantasia esquisita de fada-princesa. E o Garoto Cenoura se vestiu de Ron Weasley. O cabelo dele estava igualzinho.

Nos estandes da feira, as pessoas vendiam camisetas, revistas em quadrinhos, miniaturas de personagens e outras coisas legais. Havia atores dando autógrafos e tirando fotos com os fãs. Alguns eram famosos, mas a maioria não era. Tinha um cara que tinha feito papel de zumbi em um dos filmes favoritos da vovó, *A parada de zumbis*. Era sobre uma banda marcial de uma escola de ensino médio e todos tinham virado zumbis e comiam os jogadores de futebol. Eu comprei uma foto autografada para dar de presente a ela no aniversário.

A fila para conhecer Terrence McGrath e tirar uma foto com ele tinha uns dois quilômetros. Emma e o Garoto Cenoura entraram para esperar. Eu e o Zeke ficamos passeando. Uma criatura meio robô e meio gorila veio até nós e disse baixinho:

— Com licença. Desculpe incomodar, mas você é o Tom Marks, o vambizomem?

— Sou, sim.

— Eu sei que não dá para tirar foto, porque você não aparece, mas você me daria um autógrafo?

ATÉ QUE ENFIM! ALGUÉM QUE CONHECIA AS REGRAS DOS VAMPIROS!

— Claro — eu disse.

— Quanto custa? — perguntou o robô-gorila.

— O quê?

— Quanto custa o autógrafo?

— Hum. Nada.

— Valeu, cara!

Eu estava assinando o papel, quando de repente Zeke começou a fazer polichinelos.

— Tonzão! Tonzão! Olha!

— O quê?

— É ela!

— Quem?

— A Garota do Aspirador!

44.

Um zilhão de perguntas

Olhei para onde Zeke apontava, do outro lado do pavilhão. Lá estava um pôster enorme da Garota do Aspirador, pendurado atrás de uma mesa. E, sentada à mesa, vestindo o figurino da Garota do Aspirador e mexendo no celular, estava a atriz que vivera o papel.

— Nós temos que ir lá conhecê-la!

Eu queria hipnotizar Zeke para acalmá-lo, mas ele já corria na direção da mesa.

— Certo — eu disse, correndo atrás dele. — Você precisa se acalmar. Não faça nada doido. Você pode assustá-la.

— Eu tenho um zilhão de perguntas. Eu quero perguntar sobre o filme.

Quanto mais nos aproximávamos, mais a Keelee deixava de parecer com a Keelee. O cabelo era ruivo, mas muito mais brilhoso e vermelho do que no filme. Quando chegamos mais perto, dava para ver que era uma peruca. O figurino de Garota do Aspirador já não servia mais nela — ela poderia ter usado um tamanho maior — e parecia que ela tinha passado um tempão se bronzeando no sol.

— Ela está demais! — disse o Zeke.

Eu sabia que ele diria alguma coisa assim. Decidi não discordar dele, porque estávamos bem perto e ela poderia ouvir. É claro que ela tinha ficado mais velha desde que o filme tinha sido lançado, há vinte e cinco anos.

Ninguém estava fazendo fila diante da mesa dela. As pessoas passavam, olhavam e continuavam andando. No estande tinha uma placa que dizia EU NÃO TENHO A MINIATURA DA GAROTA DO ASPIRADOR! NÃO ADIANTA PEDIR!

Quando chegamos, Zeke se curvou em reverência.

— Olá, Sra. Rapose. O meu nome é Zeke Zimmerman. Sou um grande fã seu. É uma honra conhecer você. Uma vez lhe escrevi uma carta perguntando se você queria se casar comigo, e você me mandou uma foto autografada escrita "Eu te amo", com um coração.

— Você quer comprar uma foto comigo, garoto? — ela disse com uma voz rouca, parecida com a voz da mãe do Tanner Gantt.

— Sim, por favor! — disse o Zeke.

Ela se levantou devagar da cadeira, dando um grunhido, e tirou de trás da mesa um aspirador, que era para ser parecido com o do filme. Zeke ficou ao lado dela e deu um sorriso enorme. Eu tirei uma foto com uma daquelas câmeras instantâneas, e ela autografou.

Zeke disse:

— Sra. Rapose, por respeito a você, não comprei a miniatura da Garota do Aspirador. Ela não se parece nada com você.

— Claro que não se parece comigo! Era um homem. Mas você deveria ter comprado — ela grunhiu, sentando--se de volta na cadeira. — Aqueles bonecos valem uma fortuna hoje.

— Eu sei. Este é meu melhor amigo, o Tom. Ele tinha uma miniatura, mas o cachorro dele comeu.

Ela balançou a cabeça.

— Eu tinha umas dez daquelas. Dei todas para algumas crianças do meu bairro, feito uma idiota — ela se virou para mim. — Você quer uma foto, garoto?

— Não, obrigado — eu falei.

Ela voltou a mexer no celular.

— Foi divertido fazer a Garota do Aspirador? — Zeke perguntou.

— Não — disse ela, sem tirar os olhos do celular.

— Naquela cena em que você sugou o Dr. Badminton com o seu aspirador e depois ele a puxou para dentro, aquela era você ou foi um dublê?

— Não lembro — disse ela, mal-humorada.

— Você tem uma cena favorita? — perguntou o Zeke.

— Não.

Eu senti pena do Zeke. Ela estava sendo grosseira.

— Você gostava do ator que fazia o Sr. Limpador de Para-Brisa?

— Não! — ela finalmente tirou os olhos do celular. — Olha, garoto, você já conseguiu sua foto. Já encerramos aqui.

— Eu só tenho mais algumas perguntas.

Ela suspirou.

— Você acha que eu gosto de fazer esse papel? Sentar aqui, autografar umas fotos de quando eu tinha vinte e dois anos, do único filme que fiz na vida, um dos piores filmes do mundo, e falar com uma meia dúzia de nerds que se dão ao trabalho de parar para me fazer umas perguntas idiotas?

— Ah… Desculpe… — disse Zeke.

Parecia que ele ia chorar. Eu não sabia o que fazer.

Então eu pensei: *"O que Annie faria?"*

Zeke começou a ir embora, mas eu o impedi.

— Espera um pouco, Zeke.

Eu me virei para Keelee.

— Com licença — eu disse. — Meu amigo foi educado com você e comprou uma foto. Você deveria ficar agradecida por ter alguém vindo falar com você. Não é como se tivesse uma fila de fãs aqui esperando. Ele não deveria pedir desculpas a você; você é quem deveria pedir desculpas a ele. Você deveria ser gentil com os seus fãs. Não grosseira.

Eu me senti o máximo por dizer aquilo tudo.

Por um segundo, pareceu que Keelee ia me acertar com aquele aspirador. Mas, em vez disso, ela começou a chorar. Tem um monte de gente chorando perto de mim ultimamente.

— Você... você está certo — disse ela, colocando as mãos na cabeça. — Desculpe. Eu vim no último voo ontem e não dormi direito. O dia foi longo — ela olhou para o Zeke, enxugou os olhos e sorriu. — Como é mesmo o seu nome?

— Zeke.

— Certo, Zeke. Pergunte tudo o que você quiser.

Zeke fez um monte de perguntas. Depois disso, Keelee o abraçou e deu a ele um pôster autografado grátis... e o avental que ela tinha usado no filme.

Zeke começou a chorar.

— Eu vou guardar isso para sempre! Prometo que NUNCA vou vender!

Ela apontou para mim.

— Você tem um amigo e tanto aí, Zeke. Você é um cara de sorte.

° ° °

A Feira de Quadrinhos estava quase acabando, então fomos nos encontrar com a Emma e o Garoto Cenoura. Ela me mostrou a foto que tinha conseguido tirar com o Terrence. Pela cara dela, parecia que tinha acabado de sair de uma montanha-russa.

O Garoto Cenoura disse:

— Cara, ela ficou tão nervosa, estava tremendo feito vara verde!

— Não estava não! — disse Emma. — Aquele fotógrafo chato pegou meu ângulo ruim.

Eu, Zeke e o Garoto Cenoura fomos ao banheiro e deixamos Emma olhando para a foto. Foi estranho ficar de pé ali no banheiro do lado do Pantera Negra, do Bob Esponja e de um Stormtrooper. Mas eles também deviam estar achando estranho fazer xixi do lado do Vincent Van Gogh.

Zeke sussurrou:

— Eu sempre quis saber como um Stormtrooper faz para ir ao banheiro. Agora eu sei.

Quando saímos, Emma conversava com um cara vestido com uma capa longa. Não dava para identificar quem era olhando de costas.

— Gente, olha só! — disse Emma. — Olha quem está aqui!

O cara da capa se virou e sorriu.

— E aí, Tom?

Darcourt estava de volta.

45.

O lobisomem está de volta

— Oi, Lucas, bom te ver! — disse Darcourt.

O Garoto Cenoura com certeza não achava bom ver o Darcourt. Ele só deu um grunhido.

Darcourt estendeu a mão para Zeke.

— Sou o Darcourt. Essa fantasia de Coelho Randee é excelente!

— Eu sou Zeke. Obrigado. Eu ganhei um prêmio por ela.

— Não me surpreende — Darcourt se virou para mim. — E então, Sr. vambizomem, essa fantasia de Van Gogh está demais, hein?

— O que você está fazendo aqui? — perguntei, mesmo sabendo a resposta. Ele não tinha encontrado o livro na casa do Kane, em Las Vegas. Sabia que ainda estava comigo.

— Só dando uma olhada na Feira de Quadrinhos. Tem umas coisas bem maneiras aqui. *Coisas raras*. Como aquele livro velho que você tem na sua casa. Aquele que você ia me mostrar.

— Ei, você quer ir lá em casa? — perguntou Emma. — O nosso endereço é Avenida Trill, número 1726.

FICA QUIETA, EMMA!

— Posso falar a sós com você por um instante? — eu disse ao Darcourt.

Fomos para trás de um estande em que um cara vendia sabres de luz. O Darcourt parou de sorrir.

— Então, Tom, parece que Martha Livingston não vendeu mesmo o livro ao Sr. Kane.

Decidi me fazer de bobo.

— Ah, não? Ela me falou que tinha vendido.

— Eu fiz uma visita ao Sr. Kane em Las Vegas. Não estava com ele.

— Sério? Que estranho.

— Estranho mesmo. Então, um de vocês dois mentiu. Vamos voltar para a sua casa, olhar embaixo da sua cama e descobrir.

POR QUE EU NÃO COLOQUEI O LIVRO EM OUTRO ESCONDERIJO?

Então eu tive uma ideia. Olhei bem fundo nos olhos dele.

— Darcourt...? — eu disse gentilmente. — Olhe... para... mim.

— Estou olhando para você.

— Escute... a... minha... voz. Você *não* quer ver aquele livro.

— Ah, eu quero sim.

— Não. Você não quer... Você quer outro livro, chamado *Poemas de Emily Dickinson*.

— Para falar a verdade, não sou muito fã de poesia.

— Você vai... adorar esse livro.

— O único livro que eu quero ver é *Uma educação vampírica*.

— Escute a minha voz... Não... você... não... quer.

— Você está tentando me hipnotizar?

— Não. Não estou. Mas não pare de olhar nos meus olhos.

— Eu vou direto ao assunto: vamos para a sua casa pegar o livro. Minha moto está lá fora. Você pode ir comigo ou eu encontro você lá.

A hipnose não estava funcionando. Eu precisava tentar outra coisa.

— Olha, a verdade é que eu não estou mais com ele. Minha mãe limpou meu quarto e deu o livro. Eu não queria contar para a Martha.

Ele chegou perto de mim e falou em voz baixa.

— Não tente enrolar o lobisomem aqui. Eu sei que você está com o livro. E vou pegá-lo para mim, você querendo ou não.

— Como? Eu não vou deixar — eu disse, tentando bancar o durão.

Ele sorriu, depois apontou para mim e começou a gritar.

— Olha! É o menino vambizomem! Bem aqui! vambizomem na área! É ele mesmo! Venham ver! Ele está dando autógrafos! De graça!

As pessoas começaram a correr e, em poucos segundos, fiquei cercado. Eu não conseguia me mexer. E foi assim que Darcourt escapou. Ele era rápido. Muito rápido. Rápido como um lobo. Quando me livrei da multidão e cheguei lá fora, vi o Darcourt disparando na moto.

— Vire um morcego. Morcego, eu serei!

Bam!

Virei morcego e saí em disparada atrás do Darcourt.

Eu o encontrei na autoestrada. Ele devia estar a uns 150 quilômetros por hora. Torci para que fosse parado por excesso de velocidade. Não dei essa sorte.

Mas eu tinha uma vantagem. Darcourt precisava seguir a estrada. Morcegos não. Cortei caminho e fui direto para a minha casa. Ganharia dele facilmente.

Eu estava quase em casa. Já dava para vê-la de longe.

E foi aí que a coruja apareceu.

46.

Por que tinha que ser ele?

A coruja veio do nada e me segurou pelas garras. Era a mesma coruja que tinha tentado me dar de comer aos seus filhotes. Acho que era oficialmente a minha inimiga mortal.

Depois do nosso primeiro encontro, fiz uma pesquisa sobre "corujas" na internet. Elas são aves de rapina. A força que fazem ao segurar a presa é incrível. Às vezes, as pessoas precisam *cortar fora* a pata de uma coruja para tirar alguma coisa de suas garras. Mas, por mais forte que seja a pegada, elas só conseguem carregar cerca de três vezes o próprio peso.

Para fazer a coruja me soltar, decidi voltar a ser humano.

— Vire um humano. Humano, eu serei!

A coruja ficou surpresa quando o morcego que carregava se transformou em um garoto de doze anos. Meu peso começou a puxá-la para baixo, então ela me soltou e eu caí. Ao chegar perto do chão, voltei a ser morcego para pousar, e depois voltei a ser eu novamente.

Eu estava a uma quadra de casa, correndo pelo parque, quando vi, pelo canto dos olhos, Dennis Hannigan, o adolescente mais assustador do mundo. Ele estava na grama, pronto para dar um soco na cara de outro garoto. Eu parei de correr. O garoto olhou para mim.

Era o Tanner Gantt.

Ele chorava. Nunca tinha visto isso na vida. Mas eu provavelmente também choraria, se o Dennis Hannigan fosse me dar um soco na cara.

POR QUE ISSO TINHA QUE ACONTECER LOGO AGORA?

Era melhor salvar Tanner Gantt, que provavelmente merecia aquele soco, e arriscar perder o livro para o Darcourt, ou ir direto para casa e pegar o Darcourt lá?

Era uma incógnita.

— Cadê o meu dinheiro, Tanner? — perguntou o Hannigan.

— Eu... eu... eu não tenho. Juro que vou conseguir — disse ele, com uma voz estridente, que eu nunca tinha ouvido.

— Ei, você aí! — eu gritei.

O Hannigan olhou para mim. Eu estava bem longe, então acho que ele não percebeu que era eu.

— Fica na sua!

— Sai de cima dele!

O Hannigan falou praticamente todos os palavrões que já ouvi e alguns que eu teria que pesquisar mais tarde.

— Sai de cima dele — repeti, ainda mais alto.

— E quem vai me obrigar?

— Eu vou.

O Hannigan riu.

— E quem é você, moleque?

— Sou o Tom Marks. O vambizomem.

Ele não pareceu muito impressionado com aquela informação. Eu estava com pressa, então corri até lá, ergui o Hannigan, joguei-o no chão e me ajoelhei em cima dele, como ele tinha feito com o Tanner.

— Dê o fora daqui agora mesmo — eu disse. — Ou eu posso rasgar sua garganta, chupar o seu sangue e comer o seu cérebro — abri minha boca e exibi minhas presas.

Hannigan me olhou com cara de quem estava quase fazendo xixi na calça, o que teria sido nojento, mas também um pouco engraçado.

— Você... você... você não pode fazer isso — disse ele, com uma voz tão estridente quanto a do Tanner Gantt. — Você vai para a cadeia.

— Talvez. Mas estou de estômago vazio. Então não consigo me controlar muito bem.

— Tá bom, tá bom! — disse o Hannigan. — Eu vou embora! Me solta!

Eu me levantei. Hannigan se levantou também, tremendo, e apontou para o Tanner Gantt.

— Você é um cara morto!

— Não, Hannigan. *Você* é um cara morto se mexer com ele de novo — eu disse.

Não sei por que disse aquilo. Agora eu seria o guarda-costas pessoal do Tanner Gantt. Hannigan foi embora, entrou no carro — que provavelmente tinha roubado — e saiu dirigindo. Tanner Gantt se levantou e limpou a calça. Ele nem olhou para mim.

— Preciso ir — eu disse.

Enquanto eu corria, *acho* que ouvi o Tanner Gantt dizer "obrigado", bem baixinho. Mas não tenho certeza absoluta.

Aposto que ele ficou com mais vergonha pelo fato de eu tê-lo visto chorar do que por ter sido eu a salvar sua vida. Ou pelo menos por ser quem evitou que sua cara fosse esmagada.

Enquanto eu corria para casa, pensei comigo: "*De todas as pessoas que eu poderia salvar, por que tinha que ser logo o Tanner Gantt?*"

Por que não poderia ter sido a Annie? Talvez ela até escrevesse uma música legal sobre mim.

Ou a Olivia Dunaway? Ela provavelmente me abraçaria e talvez até me desse um beijo.

Ou a professora Heckroth? Ela diria: "Obrigada por salvar minha vida, Tom. Não precisa mais fazer lição de casa de matemática pelo resto do ano!"

Ou o Geoffrey Bucklezerg Kane? Ele diria: "Obrigado, garoto. Tome aqui um milhão de dólares!"

Ao chegar em casa, fui correndo para a porta, disparei até o meu quarto, no andar de cima, e olhei embaixo da cama.

A luva de beisebol estava lá.

O livro, não.

Darcourt tinha chegado antes.

47.
A busca

Martha Livingston ia me matar.

Comecei a fazer uma lista de coisas que eu poderia dizer para ela.

POR QUE EU NÃO TENHO MAIS O LIVRO *UMA EDUCAÇÃO VAMPÍRICA*

1. *Perdi (Como? Onde? Eu nunca tinha tirado o livro de casa).*
2. *Um vampiro apareceu e eu emprestei o livro para ele. Ela. Sei lá (Martha provavelmente conhece todos os vampiros e perguntaria quem era).*

3. *Meu cachorro o comeu (uma desculpa clássica, mas o Muffin tinha, de fato, comido a Garota do Aspirador).*
4. *O livro desapareceu quando eu disse algumas palavras mágicas com ele nas mãos (péssimo).*
5. *Emma o encontrou, fez uma pesquisa na internet, descobriu quanto valia e o vendeu (isso podia mesmo ter acontecido).*

Tirei minha fantasia de Van Gogh. Pensava no motivo n.º 6 quando o último morcego que eu queria ver na vida apareceu na minha janela e bateu no vidro com as asas. *Por que* a Martha tinha vindo? Abri a janela, ela entrou e se transformou nela mesma.

Eu tentei agir com naturalidade.

— Oi, Martha. Eu finalmente consegui me transformar em fumaça. Quer ver?

— Tudo no seu devido tempo. O Darcourt está vindo. Passa o livro para cá, rápido!

Eu ia usar o motivo n.º 5, mas decidi falar a verdade. Às vezes isso poupa um tempão.

Martha se mostrou calma, por mais estranho que parecesse.

— Temi que isso pudesse acontecer — disse ela, andando para lá e para cá.

— O que você acha que ele vai fazer com o livro?

— Contar nossos segredos para o Conselho de Lobisomens ou, pior ainda, para a Sociedade dos Transmorfos.

— Quem são esses?

— Dois grupos que você não vai querer conhecer. É por isso que eu e você vamos impedi-lo.

— *Nós*? Nós vamos impedi-lo? Nós dois? Juntos?

— Sim. É isso que "eu e você" significa.

— Espera. Como é que você sabia que o Darcourt estava vindo para cá? — perguntei.

— Emitiram uma alerta no site vampiros.com.

— O quê? Tem um site? Você nunca me contou sobre isso.

— Acabou de ser lançado. Eu estava vindo para cá quando deparei com o alerta.

Ela parou de andar e me olhou com aqueles belos olhos verdes.

— Thomas Marks, você deve vir comigo nessa aventura que com certeza será muito perigosa, mas possivelmente entrará para a história.

— Hum. Não dá. Tenho prova de matemática amanhã.

— Dane-se a prova! Dane-se a escola! Achei que você fosse mais forte! Esse é um problema grave para todos os nossos colegas vampiros.

— O que você quer dizer com *colegas* vampiros? Eu não entrei para o Clube dos Vampiros!

— Assim que você é mordido, você passa a fazer parte de uma comunidade milenar, querendo ou não.

— Bom, mas eu não queria! E não vou entrar nessa.

De repente, os olhos dela ficaram mais verdes do que antes. Será que ela estava tentando me hipnotizar? Eu desviei o olhar.

— Então faça isso por mim. Ou por você. Porque a sua própria vida depende disso.

A minha *vida*? Isso mudava um pouco as coisas.

— Certo. Eu vou. Como vamos descobrir para onde foi o Darcourt?

— Use o seu olfato de lobisomem. O cheiro dele deve ser forte.

Farejei dentro da minha luva de beisebol. Cheiro de couro, mas dava para sentir o cheiro do livro e também do Darcourt.

— Consegui sentir o cheiro dele.

— Que bom. Talvez a gente tenha um longo caminho a voar. Você tem algum problema pessoal a resolver antes de partirmos?

— O que isso quer dizer?

Ela suspirou.

— Você precisa ir ao banheiro?

— Não.

Nós nos transformamos em morcegos e saímos voando pela janela.

Dei uma olhada no céu noturno à minha volta.

— Precisamos tomar cuidado, tem uma coruja solta por aí.

— Sempre tem uma coruja... em algum lugar — Martha resmungou.

Lá foi ela voando, e eu fui atrás.

Voamos bem baixo, para que eu pudesse sentir o cheiro; ele nos levou direto até a estrada. Darcourt estava indo na direção norte.

— O cheiro está ficando mais forte — eu disse.

— Isso é uma boa notícia. Estamos chegando perto.

— E o que vamos fazer quando o encontrarmos?

— Exigir que ele devolva o livro.

— E se ele disser que não?

— Então teremos que tomar o livro à força.

— Você não acha que ele vai revidar?

— Pode ter certeza que sim.

— Hum. Será que nós dois juntos conseguimos derrotá-lo?

— Quem sabe eu até pudesse dominá-lo sozinha. Mas, somando o poder de uma vampira com o de um vambizomem, não terá erro.

Que bom que ela estava confiante.

Porque eu não estava.

Continuamos voando pela estrada, olhando para os carros e caminhões a toda a velocidade lá embaixo. Vimos uma fila de caminhões e vans indo na direção oposta, levando atrações de um parque de diversões: uma roda-gigante, um simulador de gravidade zero, um chapéu mexicano.

Vi passar uma van que vendia cheeseburguer empanado e comecei a ficar com fome.

— Lá está ele! — gritou Martha Livingston.

Vimos a moto do Darcourt de longe.

Então outra coisa me chamou atenção. Um caminhão menor, que fazia parte do comboio do parque, puxando uma van que tinha uma placa ao lado.

100% REAL? O QUE SERÁ?

HOMEM OU MONSTRO?

VENHA VER O ZUMBI SE TIVER CORAGEM!

— Martha! Eu preciso ir!

— Falei para você ir antes de sairmos!

— Não é disso que estou falando. Preciso ir até aquela van que acabou de passar por nós. O zumbi que me mordeu está lá dentro!

— Como você pode ter certeza?

— É exatamente a mesma placa!

Ela olhou para mim, voando ao meu lado.

— Esse zumbi não nos interessa agora.

— Mas eu preciso ir vê-lo!

— Não, não precisa. O destino do mundo dos vampiros está em nossas mãos. Precisamos pegar o livro do Darcourt.

— Mas eu não sei para onde o zumbi está indo. Talvez eu nunca mais o veja. Essa pode ser a minha única chance. Zumbis não vivem muito.

— Mas o que é que você vai fazer lá? Ter uma conversa agradável com ele? Zumbis não falam.

— *Eu* falo.

— Você não é um zumbi normal.

— Você não conhece todos os zumbis do mundo. Alguns até falam nos filmes — olhei para trás e vi a van do zumbi desaparecer. — Eu encontrei o vampiro e o lobisomem que me morderam. Eu preciso encontrar o zumbi. E você disse que pode dar conta do Darcourt sozinha.

— Talvez eu tenha exagerado um pouco.

— Eu preciso ver aquele zumbi!

— Se você for lá, Thomas Marks, eu nunca vou perdoá-lo!

Quanto mais nós discutíamos, mais longe o zumbi ia ficando.

— Desculpe, Martha, eu preciso ir. Encontro você daqui a pouco. Ou procuro por você no vampiros.com. Eu prometo!

Ela disse uma palavra que eu nunca a ouvira dizer antes.

Fiz uma manobra à direita, indo para longe de Martha, batendo as asas o mais rápido que conseguia. Por fim, acabei alcançando a van do zumbi. Desci voando e parei em cima da van, me segurando com as minhas garras (sim, são garras, eu pesquisei).

Procurei alguma abertura ou fenda para entrar pelo teto, mas não tinha nada. A única entrada era pela porta lateral, que estava bem fechada e trancada com uma corrente. Seja lá quem estivesse dirigindo aquela van, com certeza não queria que ninguém entrasse... nem que o zumbi saísse.

Como é que eu faria para entrar?

Claro.

A minha nova habilidade.

Virei fumaça. O vento quase me levou embora, mas deslizei pela lateral e entrei pelo buraquinho da fechadura na porta.

Estava escuro. "Vire um humano. Humano, eu serei." Voltei a ser eu mesmo. Havia uma corda para acionar uma lâmpada pendurada no meio do teto por uma corda. Eu a puxei, e ela acendeu.

Lá estava o zumbi, amarrado em uma cadeira. Do mesmo jeito que o vi da primeira vez. Cheguei mais perto dele. Ele levantou a cabeça devagar, abriu o único olho que funcionava e me olhou. Ele abriu a boca. Será que queria me comer? Nunca vi um zumbi comer outro zumbi nos filmes. Mas aquele era um zumbi *de verdade*. Ele fechou a boca. Acho que percebeu que eu era um terço zumbi e não ficou com vontade de me comer. Ele fez uns barulhos graves, pela dificuldade para respirar.

— Olá...? — cumprimentei.

Ele olhou bem para mim.

— Você se lembra de mim?

Ele continuou olhando.

— Você me mordeu... faz uns quatro meses. Em uma van no posto de gasolina.

O zumbi fez que sim com a cabeça, bem devagar.

E sorriu.

E falou.

— Oe...

AGRADECIMENTOS

A Sally Morgridge, minha editora, pelas ideias, sugestões e comentários excelentes; se não fosse por ela, essa série de livros talvez nem existisse.

A Bram Stoker, por escrever *Drácula*.

A Curt Siodmak, por escrever o roteiro de *O lobisomem* (1941).

A George Romero, por escrever e dirigir *A noite dos mortos-vivos.*

Ao Dr. Reiter e ao Dr. Marks por cuidarem tão bem de mim.

A Mark Fearing, pela elegância de suas ilustrações.

A Jud Laghi, meu agente, por toda a parte comercial, tão importante.

A Cheryl Lew, Emily Mannon, Michelle Montague e todo o resto da turma da Holiday House, que trabalham duro para levar esses livros para todo o mundo.

A John Simko, revisor com olhos de lince, que conserta meus erros crassos.

A Beverly Cleary, por escrever o primeiro livro pelo qual me apaixonei, *Henry Huggins*.

A Dashiel Hammett e Raymond Chandler, por escreverem romances policiais tão inspiradores e incríveis.

A Roberta Lubick, minha professora de inglês da escola, que me incentivou a escrever.

Leia também

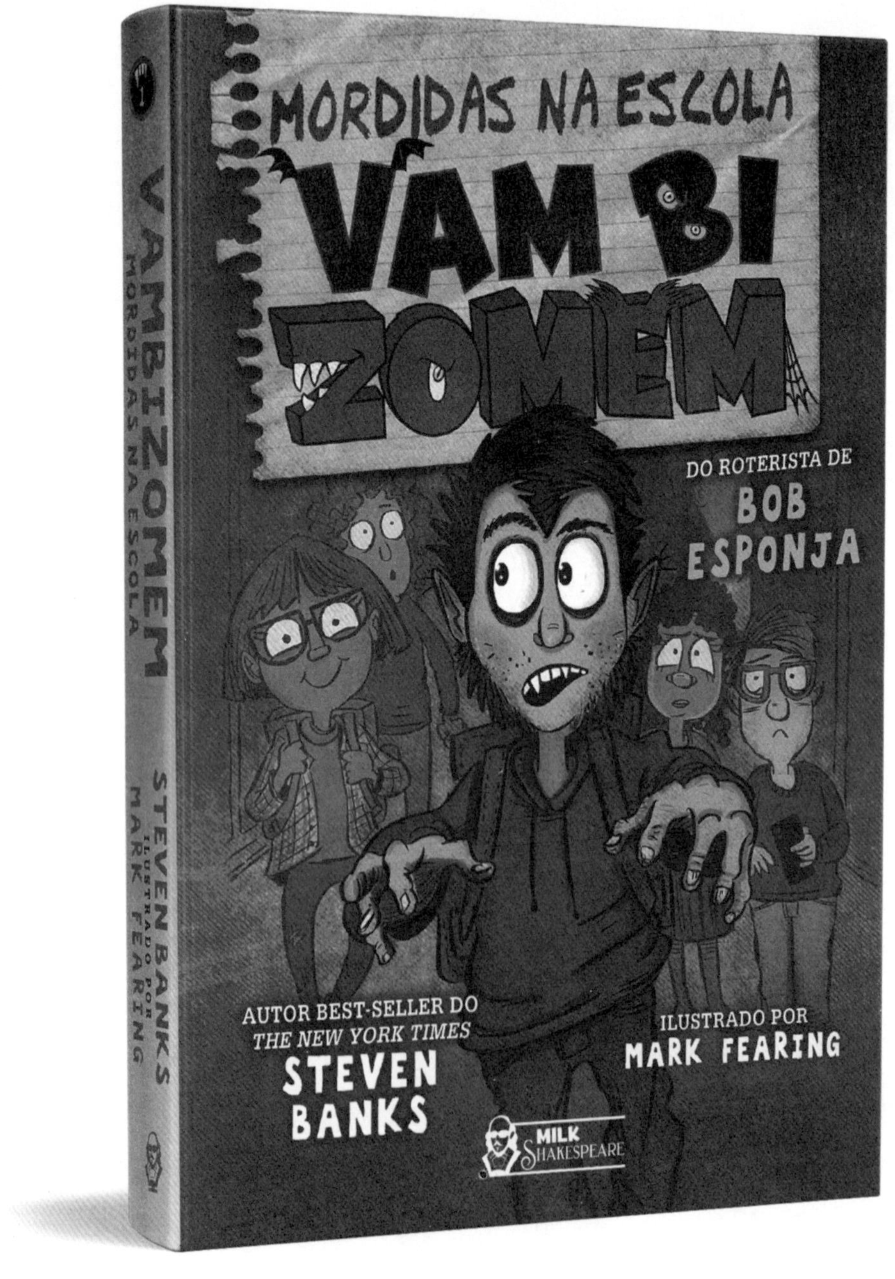
MORDIDAS NA ESCOLA
VAMBIZOMEM
DO ROTERISTA DE
BOB ESPONJA
AUTOR BEST-SELLER DO
THE NEW YORK TIMES
STEVEN BANKS
ILUSTRADO POR
MARK FEARING
MILK SHAKESPEARE

A maior preocupação de Tom era ser popular na escola... isso até se transformar em um VAMBIZOMEM. Isso mesmo. VAM-BI-ZOMEM!

Uma mistura improvável de vampiro, zumbi e lobisomem!

Quais as chances de isso acontecer? Três mordidas em menos de 24 horas?

Tom não é exatamente a pessoa mais sortuda da Terra, então, uma série de eventos (e mordidas) o transformou nessa ameaça tripla. Tudo aconteceu no segundo pior momento do ano — o último dia das férias, quando ele iria começar o ensino médio.

Então havia muitas razões para ele estar empolgado, mas várias outras que o APAVORAVAM.

Leia também

A GAROTA VAMPIRA
VAMBIZOMEM
DO ROTEIRISTA DE
BOB ESPONJA
AUTOR BEST-SELLER DO
THE NEW YORK TIMES
STEVEN BANKS
ILUSTRADO POR
MARK FEARING
MILK SHAKESPEARE

Tom se transformou em um vambizomem depois de levar três mordidas num período de 24 horas, e agora precisa enfrentar todos os desafios de ser um vampiro, um lobisomem e um zumbi. TUDO AO MESMO TEMPO!

Não bastasse a apreensão nas noites de lua cheia e de descobrir como se transformar em morcego, acrescente aí os problemas de todo adolescente. Enquanto sua irmã mais velha não passa um dia sem tentar irritá-lo, seu melhor amigo acha os novos "dons" de Tom incríveis. Incentivado por uma colega da escola, Tom entra em uma banda, mas o surgimento de uma pequena vampira pode bagunçar (mais uma vez) a sua vida!

**ASSINE NOSSA NEWSLETTER
E RECEBA INFORMAÇÕES DE
TODOS OS LANÇAMENTOS**

WWW.FAROEDITORIAL.COM.BR

FARO EDITORIAL

ESTA OBRA FOI IMPRESSA
EM SETEMBRO DE 2021